大辣

我
在這裡
想你

Kaohsiung Love Story

not only passion
大辣

我
在這裡
想你

Kaohsiung Love Story

我在這裡想你

高雄愛情故事

Kaohsiung Love Story

水瓶鯨魚

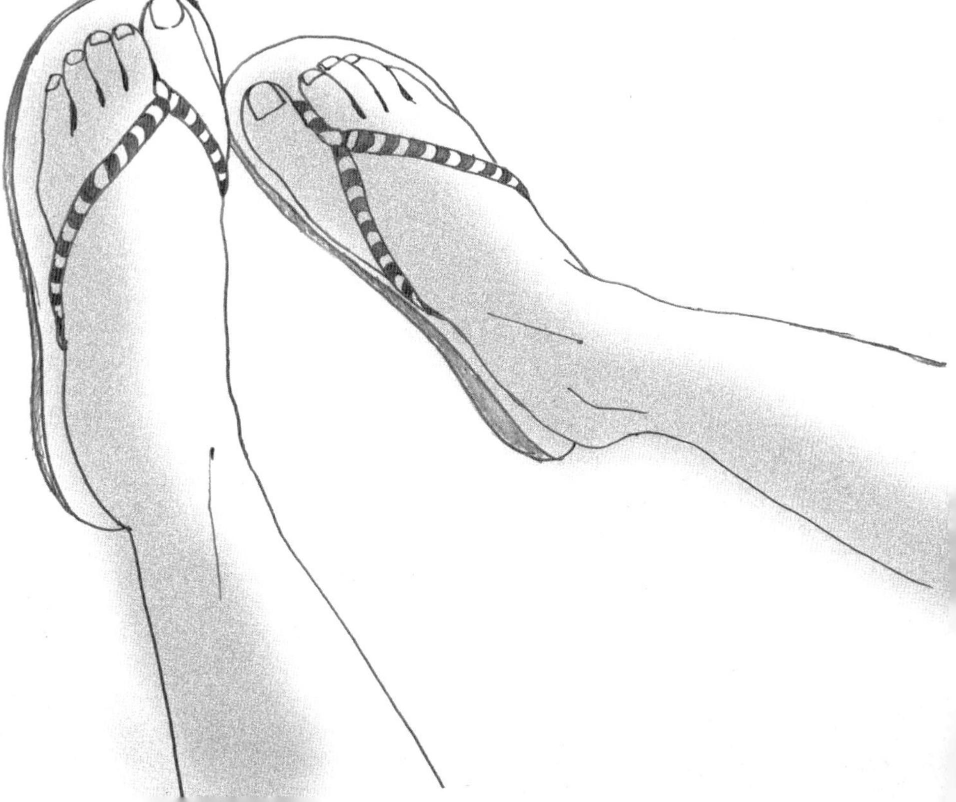

自序

關於想念

對不起
那時候我們都是
太淺的器
一不小心
都打翻了

by 陳繁齊〈青澀〉

當我正在寫具象的小說、手繪具象的插圖、畫具象的漫畫、認識具象的高雄時，除了做菜、種花和洗衣曬衣這類具體的事，創作中，我特別喜歡聽情緒不具象的歌曲、電影配樂或閱讀不具象的詩。

反差，常令我有一種比較性的存在感。

很難解釋這種奇異心情，可是當我寫了這麼多篇成年男女糾葛又複雜的高雄愛情故事，翻看一九九三年出生的陳繁齊這本純粹又直率的詩集《下雨的人》，我就會感覺我筆下的人物也挺可愛，雖然世故、麻煩、年紀都不輕，心境中都仍有一小塊青澀。嘿，並不是只有太淺的器會打翻，糖醋油水酒瓶醬缸都會不小心打翻的。（笑）

《我在這裡想你》這本書的故事，是從二〇一三年開始寫的，當時我正準備從北京搬回高雄，直到二〇一七年夏末才完成，並增加好幾篇漫畫（好久沒畫漫畫了）。

得坦承，我從來沒想過有一天會搬回老家高雄，十六歲北上唸書、工作之後，我總覺得自己會老死在台北。

二〇〇九年卻有了一個新變化，因為好友諼諼說：「妳都在家裡工作，為什麼不換一個地方，推開門就是另一個城市，豈不是更有趣？」「對呢。」這打動了我。變賣了台北的一切、清空鍋碗瓢盆唱片書籍家具房子，我以探險的心情搬到上海、北京多年，旅遊中認識了一些截然不同的城市，比如長年積雪的地方、繞一圈就逛完的夏日小島，也認識了許多文化性格和價值觀不同的朋友，甚至談了點小戀愛，非常難得的經驗。在那些城市體驗中，我突然意識到自己對出生的故鄉未免瞭解太少。

搬回高雄之後，高雄和小時候記憶中的模樣相差極大，有我熟悉的氣味與陌生的長相，然後我又認識了一些新朋友，特別是一些從各地因故搬回高雄居住的朋友，大家都有不同的精采人生體悟和對高雄的觀點，很有意思。

那一刻，我生出一個念頭，我寫過台北故事、上海故事和北京故事，心想：「我為什麼不寫這些跟高雄地理環境有關的故事呢？」這肯定和東京愛情故事、北京愛情故事、台北愛情故事不一樣。

是吧?! 但書寫過程中，卻又發現人真實感情都是一樣的，並不拘泥在哪個城市。

在長年喜新戀舊中，我們總是記恨又健忘的；在夏天懷念冬天，在汗水淋漓的燥熱中，忘了寒風刺骨的凍瘡；就像年長後思念青春的甘甜，卻忘了青春期一顆鼻子上痘子都能逼使我們徹夜抓狂。

總之，懷念、思念、想念，都是人類心緒中天經地義的事，我們總是那麼不安於分。

在巴黎想念紐約、在紐約想念東京、在東京想念北京、在北京想念台北，住在新城市懷念舊城市，在新歡身邊思念舊愛。

現在，我在高雄深深想念起你，就不足為奇。

而我相信——世界上，總有一個人在某個地方某個時刻狠狠地想
念著你，只是你不知道。

水瓶鯨魚・二〇一七・九月

contents

003 自序 關於想念
011 鑽石與鐵鏽
023 離婚後心照不宣的臉書照片
028 半筋半肉紅燒牛肉麵
036 開進愛河的史奴比列車
048 凹子底公園的鬍渣男
064 被版權所有的女人
073 妳住在高鐵站哪個方向

080 再相見
092 河隄之夜
108 幫兇
127 放生
130 恨不相逢未嫁時
145 愛合之心
169 美照反應
171 我在這裡想你
186 他的樹朋友

Diamonds & Rust

Chapter 01

鑽石和鐵鏽

時間，會把醜陋的炭石變成鑽石，
也會讓閃亮的金屬變成鐵銹。
——Joan Baez

路鵬在微信傳來一行字：「小文，我到台南了，過兩天可以去高雄找妳嗎？」

我嚇了一跳，心頭一緊，竟是千頭萬緒。

半年前，路鵬突然從北京打電話來，問了我的微信帳號。加入後，路鵬頂多在微信貼的照片按「讚」，偶爾看到美食小吃會留言——

「看起來好好吃，這是什麼？」「高雄香煎肉圓。」

「那是什麼？」「高雄黑輪。」

「黑輪是什麼？」我有空會認真回答，懶了則略過。

兩週前，路鵬打微信電話，我在夜裡驚醒，狂風暴雨在高樓的窗外呼嘯，我幾乎聽不清他的聲音，也可能因為還在睡意中。

短短四分十八秒的通話，隱約記得內容是他換了新工作、中間有空檔決定來台灣度假，問台灣哪裡好玩、什麼好吃、高雄有什麼觀光景點，諸如此類，迷迷糊糊中，掛了電話又睡著了。

我想，路鵬只是說說而已吧。

熱愛旅行的路鵬走過中國許多地方，東到吉林、哈爾濱；南到廣州、昆明；北到內蒙、新疆；西到青海、西藏，卻一直不曾踏出海外。我知道路鵬內心一直渴望看見世界，只是中國旅外簽證很麻煩，如果戶籍不在大城市、家境不夠富裕、關係不夠好，簽證是很複雜的事，中國是無法隨意更動戶籍的。

路鵬是在北京工作的東北人，家境小康，家裡就這麼一個兒子，東北老家在地理環境雖然近北京，畢竟還是三線城市，出國簽證比起一線城市麻煩；路鵬對台灣很好奇，一直期待自由行，但前幾波開放名單只有幾個大陸一線二線城市，讓他充滿失落感。

但，這瞬間——路鵬，現在人在台南，後天要來高雄，好怪。

分手才三年，卻似十多年般遙遠；而台南距離高雄，僅僅半小時火車路程，這一刻，真有一種奇異的時空錯亂感。

這麼近，那麼遠。

說不定瓊拜雅（Joan Baez）接到舊情人巴布狄倫（Bob Dylan）打來的電話，也有類似的心情。

瓊拜雅是一九六〇年代知名的創作女歌手，曾經和美國民歌之父巴布狄倫有一段夫唱婦隨而隱密的戀情。分手十年後，瓊拜雅有天接到巴布狄倫從公共電話亭打來的電話，感觸萬千，寫了一首歌〈鑽石和鐵鏽〉（Diamonds and Rust）表達心情，那年是一九七五年。後來這首歌，打動了全世界接過舊情人電話的男女，成為情歌經典，屢屢被翻唱。已過世的蘋果大神史蒂芬賈伯斯就是她忠實粉絲。

有人說，這首歌是瓊拜雅的控訴，控訴她和巴布狄倫這段感情過程，她視巴布狄倫為鑽石，巴布狄倫則視她鐵鏽。後來，她自己公開回應，這首歌確實是寫給巴布狄倫的，並從容解釋……

「時間會把醜陋的炭石變成鑽石，也會讓閃亮的金

屬變成鐵銹。」（Time turns ugly charcoal into diamonds and shiny metal into rust.）

自從收到路鵬的微信，這兩天，我忍不住反覆聽起瓊拜雅的〈鑽石和鐵鏽〉。大概，只有刻骨銘心痛過，才寫得出這種單純又深邃的經典；踩在別人的愛情屍體裡，歌迷們都是受惠者。

同時，令我感慨時間無情，卻似有情。

最迷惑的是，自己無法確認自己和路鵬那段感情，足稱鑽石？或已鏽去？

瓊拜雅在歌詞中細訴多年後巴布狄倫成為如日中天的巨星，但當年在她懷裡不過是個流浪的漢子，迷茫不知方向，她給他安慰，不讓他受傷害……我和路鵬的故事卻截然不同。

在異鄉北京，給我安慰溫暖的人是路鵬，即使路鵬年紀比自己足足小了十三歲，但高大碩壯的路鵬一點也不像東北男人心思大條，反而細膩而溫柔，他說：「可能因為我是處女座的關係。」說完哈哈大笑，笑聲很東北。

我們是在北京朋友的生日派對認識的。

那是一個鵝毛大雪紛飛的日子，派對結束的深夜三里屯酒吧街到處擠滿著急回家的人，霓虹閃爍的路邊只剩漫天喊價的黑車穿梭，一輛空的出租車都沒有。

路鵬突然靠過來：「咦，妳也在等車啊？」我直覺是搭訕的醉客，看也不看一眼，就往前走，路鵬不死心跟在我後頭，我死勁往前走，他拚命跟。結果在雪地裡走得太快，腳一滑竟摔倒了，路鵬過來拉起我，邊說：「長點心，黑冰多……」突然大喊：「啊喲，我現在想起來了，妳是曹琍的台灣朋友，就說面熟。」

我一愣，曹琍是今晚的壽星，但晚上人太多，我實在記不起他。路鵬笑著解釋，他是某某雜誌的記者，在某一桌，和我聊過天，說著：「今天好多台灣人，聽你們講話軟綿綿地，都覺得自己活進偶像劇裡頭了。」我立刻笑出聲，對這句話有印象。

搬到北京，在幾次台灣人很多的場面，聽過年輕中國朋友興奮地說：「感覺好像在偶像劇裡。」因為他們學生時代常看台灣偶像劇，我每次聽，每次笑，多想回嘴：「搬到你們北京，我才覺得活在古裝劇裡呢。」因為大街小巷的年輕人都操著字正腔圓的成熟腔調，我常以為是古裝劇大叔大嬸在聊天，猛一回頭，都是年輕男女。

後來，大雪夜找不到空的出租車，我和路鵬一起搭著黑車回家，沒想到兩個人都住在東五環，就差兩個街口。後來，偶爾會相約吃飯或喝杯小酒，交換一下美食、旅行心得和文化觀點，普通朋友樣。

某個零下一度的晚上突然停電了，我不知所措，打電話給路鵬求助。

路鵬說：「去買電啊。」

「到哪裡買？」

「北京銀行啊。」

「現在銀行還開嗎？」

「有二十四小時的機器可以買電呀。」

路鵬說著說著，大概覺得這台灣女人太笨，騎上機車到了我家，載我去購電，寒凍的五級北風中，我不禁緊緊地摟住路鵬的身體取暖。

夜裡，我幫路鵬搬了張椅子，路鵬站在大樓的走廊，幫我裝上電卡，一轉頭按了開關，黑漆漆的房間燈亮了，我興奮地大喊：「亮了！亮了！亮了！」

路鵬的笑眼也亮了，我的心，也暖暖地亮了。

有那麼一段日子，兩個人走得很親暱，他下班後就來家裡，陪我去買菜，吃我做的飯菜、一起看足球賽、一起賴床，說說小時候的故事。兩個人的小時候，差異很大，有時我喜歡聽，有時不愛說。喜歡的是不同的成長環境，很有趣；不愛說的是流行文化，因為他提起小時候聽的歌、看的電影……那時候，我已經畢業上班了。

但是，他黏膩甜美的話，真的很動人。

他說：「不知道為什麼，吃過妳做的滷肉飯之後，我到台灣小店吃滷肉飯……以前覺得很好吃，現在都覺得不怎麼樣了。」

我知道那家店，吃過幾次。和路鵬剛認識時候，路鵬常提起那家台灣小店，說他常去吃台灣小吃，很美味，店裡女服務員口音就跟我一個模子錄音式的，軟綿綿。中國男人總愛說台灣女孩講話軟綿綿。

我估計那家店，至少有一半是台資的吧，因為店員有兩個台灣人，後來證實是兩岸合資，這家店的感情生意後來也合資了，我和路鵬分手半年後，路鵬娶了那家店的老闆千金，正是路鵬原先誤以為是服務員的櫃檯女孩。

和路鵬分手的原因，就像八股電視劇一樣，路鵬的母親反對兒子娶台灣媳婦，嚷著「國共勢不兩立，怎能通婚？」路鵬解釋我不是國民黨員，他母親接著說：「那就是民進黨了，搞台獨就是造反……」簡直啼笑皆非，路鵬再度解釋我無黨無派，他母親則冷冷的丟一句話：「年紀這麼大了，還生得出來嗎？」徹底刺傷了我。事實上，前者是藉口，後者很寫實，年輕可愛的餐館千金怎樣都比打工的大姐強。

從相戀到分手，時間太短暫，根本來不及感覺心碎，卻也不是不曾夜半黯然；只是沒時間耗上十年從灰炭中找出鑽石，或者任閃亮的金屬鏽色。

路鵬結婚前，我就搬回了台灣，因為就職的日資女性雜誌突然縮編，直屬上司問我要不要跟她去香港，那是個金融媒體，不是我的專業，決定先回老家高雄，趁機離開陰霾的北京。

七百多個日子以來，我從未想過和路鵬還有機會相見，直到路鵬傳來那行字：「小文，我到台南了，過兩天可以去高雄找你嗎？」

很想說：「不可以。」

說得出口嗎？

他一個人來嗎？

還是和台灣老婆一起來？

這句話，就像梗在喉頭的小刺，拔不出又吞不進去。

隔天，路鵬傳了一張火車票照片，上面有時間日期，告知我抵達高雄火車站的時間，還有一張他在台南某清蒸蝦仁肉圓店正要吃肉圓的照片，一個人，露齒微笑。好熟悉的笑容。每一次門鈴響，在北京的家門一開，就會看到的爽朗笑容，一模一樣。

幾番猶豫，最終，我和路鵬約在美麗島捷運站一號出口。

路鵬準時抵達，我卻爽約了，只托了朋友轉了一封信給他。

朋友說，路鵬是一個人來的，一開始好雀躍，聽到我不能到，表情立刻充滿錯愕與失落感，「看見他發呆的樣子，我都不忍心了，好想打電話給妳喔。人家大老遠來，小文妳怎麼可以這樣?!」朋友抱怨。

怎麼說呢？想見的，真的，又怕見了一發不可收拾，和路鵬在一起的時光，這兩天彷彿倒帶的廣告片一樣不斷在腦中播放，我喜歡他陪我逛沃爾瑪、選購城市超市的台灣醬料，喜歡他吃我做的菜一臉讚嘆，喜歡我們在床上耳鬢廝磨，最忘不了的是那個停電的夜晚，燈一亮，看見他眼底的光。我沒把握控制得了自己、或約束得了路鵬，更怕這段曾經純美的感情，剩下的是廉價的偷情。

兩個人的距離，已經不只是海峽兩岸，是一道糾葛難跨的情愛橫溝了，自從路鵬娶了另一個台灣女孩開始。

我想，自己還有那麼一點自尊心吧。

幾天後，路鵬回了北京，並陸陸續續在微信貼出高雄的旅遊照，那是沿著捷運紅線和橘線的藝文風景。紅線從橋頭糖廠、煉油廠的宏南宿舍、凹子底公園、美麗島、中央公園、高雄圖書總館到台鋁；橘線從大東藝術特區、衛武營、鹽埕埔、駁二到西子灣。

路鵬在照片留下一段文字：

感謝高雄好友的細心介紹，我享受了兩天短短的旅行美好時光。

好友告訴我，高雄兩條交錯的捷運線，正像某種十字架一樣，也像某一種對旅行的信仰。旅途中，我們難免走錯路、難免迷路，正因為如此，反而可以發現想像不到的風景、吃到有意思的美食、遇到有趣的人，這是一種驚喜。

但是，旅人走錯路、搭錯車，只要返回原路、搭下一班車就可以；感情的旅途卻不同，那是單程車票，一但錯過，就走不回來時路。

因此，我們更要珍惜身邊每一個親密的人，堅持一種愛的信仰，想辦法在灰石裡找出真鑽，別讓閃亮的金屬生銹。

謝謝我的好友。也謝謝老婆放任我到台灣獨自旅行，謝謝。

看到最後一行字，我紅了眼眶，是的，路鵬這段話是寫給我看的，也寫給他老婆看的。高雄的風景與美食，路鵬都細心地拍下來，完全按照我在信中給的高雄旅遊攻略，他不僅每一個地點都去了，每家小店都吃了。

七賢二路的香味海產粥、新民路的吉品脆皮肉圓、美麗島一號出口的六十年的圓環三代潤餅、中央公園的江豪記臭豆腐、大成街的港園牛肉麵、新樂街的鴨肉珍和樺達奶茶、七賢三路的婆婆冰等等，我鼻酸的原因是——我原先建議的行程和美食，是兩天走不完、吃不完的，只是想給路鵬多一點選擇，沒想到路鵬那麼勉強自己。

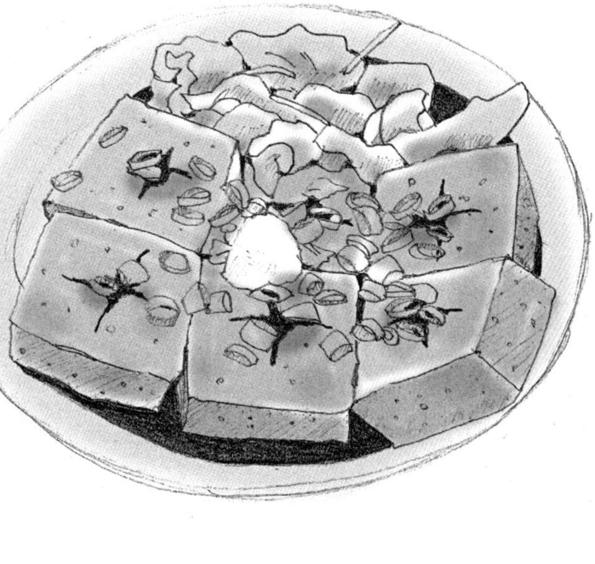

黃昏夕陽同火球般，緩緩下沉，海浪波濤澎湃，遠處漁船像剪影地貼在橘紅色的海面，我關掉微信，站在香蕉碼頭前拍了幾張照，才對自己說：「該去搭渡輪到旗津了。」自從路鵬離開後，我花了好幾天

時間，慢慢地複習了一遍路鵬走過的高雄。

沒想到這瞬間，微信私信聲突然「叮」一聲響起，竟是路鵬的一段六十秒語音留言，我愣了一下。

打開了留言，傳來熟悉的歌聲，是瓊拜雅的〈鑽石和鐵鏽〉，正唱著一段熟悉的歌詞：

Now you're telling me
你對我説
You're not nostalgic
你不會倦戀過去．
Then give me another word for it
那你換個字眼形容吧
You who are so good with words
你總是善於遣詞用字
And at keeping things vague
且把事情搞的模糊不清
Because I need some of that vagueness now
我現在很需要你這種模糊事件的能力
It's all come back too clearly
因為和你的一切全湧上心頭　歷歷在目
Yes I loved you dearly
是的　我曾愛過你
And if you're offering me diamonds and rust

如果你要給我鑽石和鐵銹
I've already paid
我早已付出過代價

啊，他竟然連這首歌都記得，我應該只放過一次給他聽……用力地揉了揉鼻子，沒想到眼淚，卻再也不受控制，大片大片淌了出來，此刻，漁人碼頭夜色如墨，夕陽已經完完全全消失不見。

橋頭

橋頭糖廠｜高雄市橋頭區糖廠路 24 號｜ 07-611-3691

左營

煉油廠宏南宿舍｜高雄市楠梓區宏毅一路 8 巷 1 號

新興

香味海產粥｜高雄市新興區七賢一路 7 號｜ 07-225-5302
美麗島圓環三代春捲｜高雄市新興區中山橫路 1 號｜ 07-285-8490
江豪記臭豆腐｜高雄市新興區民生二路 40 號｜ 07-201-6699

三民

吉品脆皮肉圓｜高雄市三民區新民路 172 號｜ 07-383-4603

鼓山

凹子底公園｜高雄市鼓山區南屏路神農路｜ 07-522-8633
西子灣｜高雄市鼓山區蓮海路｜ 07-799-5678（高雄市政府觀光局）
香蕉碼頭｜高雄市鼓山區蓬萊路 17 號｜ 07-561-2258

前鎮

高雄總圖｜高雄市前鎮區新光路 61 號｜ 07-536-0238
MLD 台鋁商城｜高雄市前鎮區忠勤路 8 號｜ 07-536-5388

鹽埕

駁二藝術特區｜高雄市鹽埕區大勇路 1 號｜ 07-521-4899
港園牛肉麵｜高雄市鹽埕區大成街 55 號｜ 07-561-3842
鴨肉珍｜高雄市鹽埕區五福四路 258 號｜ 07-531-4630
華達奶茶｜高雄市鹽埕區新樂街 99 號｜ 07-551-2151
婆婆冰｜高雄市鹽埕區七賢三路 135 號｜ 07-561-6567

鳳山

衛武營｜高雄市鳳山區南京路 449 之 1 號｜ 07-763-8808
大東文化藝術中心｜高雄市鳳山區光遠路 161 號｜ 07-743-0011

旗津

渡輪｜高雄市鼓山區濱海二路 1 號｜ 07-216-0668

心照不宣的臉書照片

Facebook photo

史黛西的照片，
這一年總是燦爛如花。

布萊恩的深夜作品，
半年來常誘人犯罪。

阿晃、莉莉和楚薇突然成了
路跑愛好者，揮別舊風景，
各自在嶄新的道路上衝刺。

李杰克
星期三18:13 ·
杰克喜歡分享美食照，
一臉好爸爸表情，
按讚的女人比男人多。
15:45
100%
張莉莉
8月3日09:54 ·
小翔竟然說我的刺青不酷！
莉莉最常炫耀自己和
十五歲的兒子像姐弟，
大家都稱讚她好年輕。
刺眼的是農曆年的團體照，
熱鬧中總看得見空席位。
認真研究了三週，自己也該
有所行動。

比如史黛西，一離婚就光明磊落昭告親友。
史黛西
朋友
追蹤中
訊息
更多
熱愛旅遊與自然共舞，
能獨樂，更享共鳴。宅男止步。
現居高雄市
單身
來自高雄市
莉莉選擇在群組貼出公開信。
不希望大家聽到第二手消息誤解，對，我離婚了，無第三者。
週四 22:30
其實，網路世代的人都是敏感偷窺者，光看照片就心知肚明。
龜縮一個月後，我也有了自己的方法。
Vincent Chen
星期五 15:21 ·
全家旅行。
第一個按讚的是布萊恩，接著是杰克、史黛西……笑翻，都是離婚者。
第十個，竟然是前妻美惠。
美惠和其他9人
讚
留言
分享

心照不宣是美德

Beef noodle soup

Chapter
02

分手多年，很多事，都不記得了呢；
當然有些是故意忘記的，記得太多事，容易傷感。

半筋半肉牛肉麵

喀擦幾聲，選了一張角度拍得比較漂亮的照片，把剛做好的開陽蔥油拌麵照片傳到FB，瞬間，熟悉的朋友們紛紛按讚，有的留言說：「我也要吃！」「給我留一碗。」

謙禾突來傳來私訊，嚇了一跳，因為加入好友幾年，兩個人偶爾才會閒聊。

他私信說：「我在左營捷運站。」來不及回話問他怎麼在高雄了，他接著說：「看到妳的蔥油拌麵，好餓。」又說，「想起妳的半筋半肉紅燒牛肉麵，好美味。」

「哇，你還記得呀？」

他說：「什麼都記得。」

「什麼都記得？」好感人的回答，也好傷感的回答啊。

分手多年，很多事，我都不記得了呢；當然有些是故意忘記的，記得太多事，容易傷感；故意忘記後，不知道為什麼，後來，就真的忘了。

因此，我甚至不記得什麼時候做過牛肉麵給他吃過。

紅燒半筋半肉牛肉麵，曾經是我的拿手菜，有段瘋狂上癮的做菜日子，只為個人興趣，也因為流行氛圍，非常認真研究怎麼做出好吃的半筋半肉牛肉麵。這一道拿手菜，在台北朋友口中極為著名，大抵周遭交情或深或淺的狐群狗黨都嚐過。

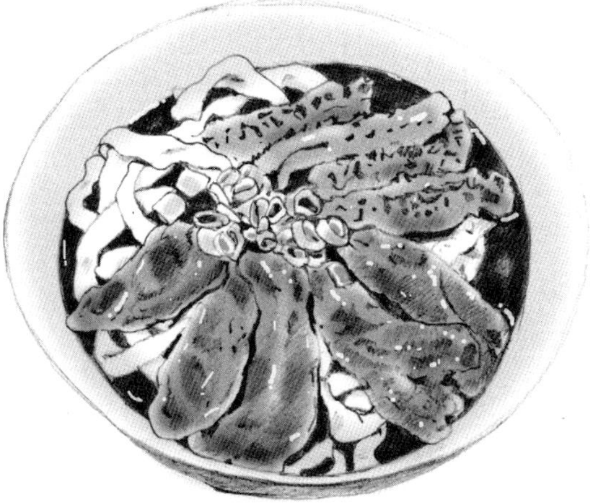

記得第一次做，是二〇〇五或二〇〇六年台北牛肉麵節，火熱到不行，朋友們常邀約去吃哪家得獎

的牛肉麵，身為眷村小孩，忍不住想起老家左營眷村的牛肉麵館，比如：犇牛肉麵、香園牛肉麵、第一家刀削麵、陝南牛肉麵，事實上，無論是清燉或紅燒，我個人最想念的反而是那些館子裡的小菜，涼拌雞胗、鴨掌、魷魚圈、牛肚、豬肝、蟹肉絲、香菇花干、豬耳絲、芹菜干絲、滷豆干、拍黃瓜……琳瑯滿目，不像台北牛肉麵店總是千篇一律的單薄小菜。

做菜上癮的日子，除了練習做出印象中的滋味，多少加了點新創意，沒想到朋友們大為驚豔，誇張地說比那些得獎作品好，一傳十、十傳百，紅燒牛肉麵成為我某個代名詞，朋友介紹新朋友，總忍不住加上一句：「很會做紅燒牛肉麵的那個女人。」畢竟是常來家裡免費享用的死黨，吃人嘴軟。

六年前職務調動搬去上海，上海有許多標榜「台灣牛肉麵」的店，味道一般般、麵條也不對，偶爾說起自己的牛肉麵，上海朋友們立刻纏著我做，做過幾次，每個人皆讚不絕口，大家的結論是：「有一天，一定要到台灣自由行去吃牛肉麵。」我笑著點頭，心想，你們到台灣也吃不到我這種口味的牛肉麵呀。

前年，一向健壯的父親突然心肌梗塞過世，妹妹哭著打電話來，因為新婚一年的她，小孩才剛滿月就已經整得她昏天暗地，跟公司請假回台辦完喪事後，我辭職了，決定從上海搬回高雄，實在不忍喪葬誦經期間見到母親略微駝著的黯然背影。

自大學畢業後，北上念書、工作，離家太多年，總以為父母親很健康、妹妹也居住在老家附近，他們互相可以照應，沒有人說什麼話，因此一直很任性，逢年過節才回家，不曾真正盡到孝道。只是老媽、妹妹一家人都信佛、不吃牛肉，而燉牛肉就是要大塊肉大條筋去滷煮一鍋才夠味。此外，高雄好吃的牛肉麵不少，已經不需要自己親手去琢磨。

我，大概有幾年沒親手做過牛肉麵了吧，直到謙禾在私信提起。

做牛肉麵，要分麵條和牛肉湯；麵條得選手工拉麵，滾水中煮透，丟入冰塊中產生Q勁，即可撈入碗中，加入熱騰騰的牛肉湯與香蔥。燉牛肉無法省事，得選優質牛腱肉和牛筋，冷鍋焯水後，牛腱切大塊，片薑、拍蒜、切蔥段、去辣椒蒂，中火爆香八角、蔥段、薑片、蒜頭、辣椒、花椒和紅蔥頭，加入岡山豆瓣醬翻炒，再加入牛腱肉塊，文火慢煎；最後把所有材料和牛筋一起置入燉鍋，加入整顆洋蔥、醬油、紹興、水、糖、月桂葉，慢燉一小時。牛筋略軟，撈起切段，再丟入鍋中，此刻加入紅蘿蔔塊，慢慢再煨一個小時，讓蘿蔔在餘溫中吸飽湯汁。

這些燉牛肉的步驟，我一點兒都沒忘記，指尖仍有熟悉感，如同對謙禾身體關節與線條的熟悉。謙禾很瘦，我也不胖，有筋沒肉的兩個人在床上總是骨頭碰撞，兩人的大腿內側，常常不時有些淤青。

啊～分手多年，很多事，都不記得了呢；當然有些是故意忘記的，記得太多事，容易傷感；故意忘記後，不知道為什麼，後來，就真的忘了。

沒想到當謙禾說「什麼都記得」，我忘了曾經做過牛肉麵給他吃，竟莫名想起某一幕臉紅心跳的畫面——

那時候，他問：「很痛嗎？」

我說：「不痛，所以現在才發現瘀青。」

他說：「不好意思。」

我說：「沒關係。」

真的「什麼都記得」嗎？

我啞然失笑，關於這一幕，我不願挑釁問他，多不好意思啊，坦白說，分手這麼多年，第一次想起這件事。

如同牛肉湯一樣，這麼多年過去，感情有時差、飲食也有時差，熱愛做菜的我，一直在嘗試各種菜色，這不是暗喻愛情，但不可否認，有些許變化。在上海，我還是談了一兩場戀愛，有一個是在床上骨頭碰骨頭的日本男，另一個小腹微凸的浙江男，身體像枕頭般柔軟。

其實，好想說：

「我這些年的拿手菜已經不是紅燒牛肉麵啦，曾經吃過我的紅燒半筋半肉牛肉麵的台灣朋友，肯定是多年前的朋友，包括戀人。」

這時候，才突然發現拿手菜，也能記憶年代史，感情年代史，好奇妙。

發愣中，謙禾傳來一張照片，是高雄黃昏的天空，大片寶藍色的雲層低垂，透露深淺不同的色澤，

彷若異星壓境，圓潤的夕陽在豔麗的橘紅色光裡燦目，美得如詩如畫，做蔥油拌麵前，我才剛在陽台也拍了類似的照片，貼在FB。

謙禾留話：「我已經走到高鐵月台了，剛剛捷運經過世運站拍的，雖然不知道妳住在哪裡，不過，我們應該會一起看到左營的夕陽，好漂亮。」

「對呀，好漂亮。」我笑。

「可是人家好餓喔，大概只能吃高鐵便當了。」

「哈哈哈，下次來高雄，我做給你吃。」

「真的嗎？真的嗎？我還要吃開陽蔥油拌麵。」

「真的呀。」

謙禾就是這樣一個撒嬌男，若真的這樣坦白告訴他，他又會生氣，他不喜歡被稱為撒嬌男，他會說：「我說的都是肺腑之言。」總之，比起那些躺在客廳沙發看電視，理所當然吃著我的紅燒牛肉麵、開陽蔥油拌麵、或泰式酸辣海鮮麵的過去式戀人們，不僅碗都不幫忙洗，一句讚美詞都沒有，彷彿一切理所當然，這時候，謙禾是可愛的。

冬涼夏熾的一年過去，每次搭捷運經過世運站，我總會盯著窗外看著呼嘯而過日落夕陽，謙禾始終沒來，就像多年前搬到上海，謙禾說要來看我，一次都不曾來過。

分手多年，很多事，都不記得了呢；當然有些是故意忘記的，記得太多事，容易傷感；故意忘記後，不知道為什麼，後來，就真的忘了。

這一年，我依然不曾再做半筋半肉紅燒牛肉麵給任何人吃，包括我自己。

玩味
高雄

Gourment Kaohsiung

左營

犇牛肉麵｜高雄市左營區勝利路 85 號｜ 07-588-7264
香園牛肉麵｜高雄市左營區軍校路 190 號｜ 07-582-3692
第一家刀削麵｜高雄市左營區左營大路 611-1 號｜ 07-582-3683
陝南牛肉麵｜高雄市高雄市左營區海功路 33 號｜ 07-582-6947

Snoopy by MRT

Chapter 03

開進愛河的史奴比列車

初夏夕陽是熱騰騰牛丼上一顆飽滿的紅蛋黃，輕輕戳開，愛情立刻在我的心中流淌。

「想見又怕見，也許相見不如懷念。」

很俗的一句話，不知怎麼深深記在心底，忘也忘不了。

看見阿智從左營高鐵捷運站上車，我嚇了一跳，即刻從座位起身走到另一個門口處，背向他，倚著欄杆，假裝是下一站準備下車的人。

阿智家在橋頭火車站，怎會在這裡上車？為什麼會在午後？他不是要上班嗎？

啊，忘了今天是週二，咖啡館公休，感覺彆扭極了，真想立刻下車。

我拉了拉身上寬大的白色T恤和破洞牛仔褲，受不了自己微凸的小腹，我今天醜死了，一點也不可愛。

早知道，我應該穿那件有粉紅色幸運草圖案的藍色雪紡紗娃娃裝、九分小腳洗白藍色牛仔褲和粉紅色編織涼鞋，既可擋住自己的肚子，又顯得秀氣。

這一刻，哎，只能祈禱阿智沒看見我，應該沒看到吧？我整整躲了他一個半月，刻意錯開阿智上班的時間。

我和阿智都住在北高雄，上班地區都在文化中心附近，搭車路線都是紅線轉黃線，阿智在咖啡館當店長，我則在美妝公司當美編，我們上班時間比一般人晚一點，自認識後，偶爾會在捷運車箱或美麗島轉運站相遇，雖說只遇過兩次，一個月能遇到兩次，應該稱之為緣分，曾經讓我興奮地魂不守舍。

不過，那都是六月以前的事了。

八月是暑假期間，觀光客特別多，不像平日非上下班時間的捷運那麼寬鬆，特別是左營高鐵站，門一開就湧入一大票推著行李箱的旅客，即使我和阿智有機會在同一車箱，也不容易看見對方。

想起曾經承諾去阿智的咖啡館，至今都沒實踐；腦中一堆浪漫追求計畫，都是冥想，沒一件成真，因為我太膽小了。

我和阿智是五月中的某個週二在高雄電影館看「戀人絮語的浪漫作者」韓國導演洪尚秀《錯戀》（Right Now, Wrong Then）認識的，阿智坐在我隔壁的隔壁座位，第一眼看到阿智，我就臉紅心跳，因為完完全全是我的天菜。

他穿著白色的GAP短T、卡其色及膝休閒短褲、咖啡色休閒涼鞋，揹著一個灰綠色雙肩帆布包，棒球帽是灰色和淺粉紅，服裝配色協調極了，短短的頭髮、單眼皮的狹長眼睛，彷彿雜誌上日本鹽系男子。

雖然現在流行韓系高挑美男，但我一直不喜歡那種唇紅齒白的歐爸，我偏愛日系男。

結果，整場電影，我看得心不在焉，時時變換坐姿，透過電影光線，偷瞄阿智的側臉。

電影結束後，我腦中已經準備了一百種搭訕台詞，終於在門口看到阿智的身影，他手上拿著一個紙杯正在喝咖啡。

「看起來很好喝。」我對他說。

「還不錯……」

說完，阿智突然意識到我使用了《錯戀》電影中男主角對女主角的搭訕台詞「看起來很好喝」，即刻笑出聲，我也不好意思笑了。

我問：「你喜歡洪尚秀導演的電影嗎？聽說他的電影常得獎。」

他搖搖頭：「啊，其實，我根本不知道他，不過這部電影很有意思。」

阿智表情似乎有點害羞，性格卻開朗坦率，原來是寫影評的學長邀約了阿智，他今天休假，學長又一直說這導演的電影在台灣很難看到，難得電影館有他的電影展，阿智於是心動。

聽到這些話，我放下心來，因為自己也不認識這個韓國導演，雖然喜歡電影，卻不是對電影很熟練的那種文青，最多算偽文青，認識的導演不過是史柯馬丁西斯、伍迪艾倫、昆汀塔倫提諾、岩井俊二、是枝裕和、盧貝松幾個在台灣知名的外國導演，萬一阿智很懂電影，自己恐怕遜斃了。這張電影票，還是在文化局工作的叔叔塞給我，這週我剛好放年假，本來和同學計畫去台東，來一趟五天單車之旅，後來因為腰痛劇烈而放棄，大概是坐姿不良吧，最近總是腰痛。

即使鼓起勇氣搭訕，我們卻沒辦法像電影中搭訕的男女接著去喝咖啡、吃飯，因為阿智正在喝咖啡，若提出這建議也太蠢了，後來兩個人在愛河邊聊了半小時，匆匆交換了FB帳號，阿智接到學長的電話就離開了。

也幸好沒提出喝咖啡的建議，看了FB才知道阿智是一家文青咖啡店的店長。

阿智排行老三，有一個哥哥和姐姐，哥哥在洛杉磯某個學校唸書、姐姐在台北某個小學當老師。阿智的FB感情狀態標明單身，不過現在很多標明單身的人，其實都有女朋友的。我忍不住花了好幾天時間一一去查他的好友，特別是照片可愛或美麗的女生，同時翻遍他FB的訊息，研究他的嗜好。

阿智FB的男女好友，比例約一半一半，有老師、同學、當兵的夥伴，還有些是咖啡館的客人。他轉發的訊息，主要是MLB、美食、旅行、電影，最多的仍是講咖啡豆知識或各國美麗咖啡館的圖文報導，最常留言的男性朋友是：李大耳、王約翰、童子鴻、劉書豪、Alan Chen、Peter Lai，女生是趙惠婷、王薇薇、沈淩心、Apple Chang、Lilian Kao。

阿智的每則訊息，我都會按讚，偶爾留下笑臉或可愛圖案，通常我會留言的內容都很俗，就是看到阿智轉發美食，眼睛就直了。

我口水潺流地說：「看起來好好吃喔！」

阿智也會認真回應：「我也覺得很好吃。」

某一次阿智轉貼的美食是新崛江附近一家日本師傅開的店，照片上是一盤美麗誘人的「晚禮服蛋包飯」，嫩黃蛋皮優美地旋轉成衣裙般包裹住米飯，頂端擺著一截綠蘆筍和切半的鮮紅色小番茄，垂墜的黃色蛋皮周圍淋上大量紅酒牛肉醬汁，我亂有衝動想說：「那我們一起去吃吧！」

沒想到王薇薇搶先留言：「阿智，我們一起去吃吧！」

阿智卻只回應給王薇薇一個哈哈笑的表情符號。

這是YES？或NO？

我煩惱地鬼打牆起來。

因為自己愛情經驗有限，高中長滿青春痘，所謂戀愛，都只侷限在暗戀。大學畢業後，痘疤褪去，化起淡妝，才開始有男人追求我，但能稱之為戀愛嗎？我很疑惑，幾段乏善可陳的戀情，毫不精采，可能來追我的都不是我喜歡的類型，來自學生時代太長的空白履歷，令我一時想填滿。

這兩年，同學們都說我越來越漂亮，有的告訴我：「自己喜歡的男人自己追。」喝醉時，我也大發豪語，認為：「沒錯！」為什麼要當架子上的雞蛋，等待男人來挑選?!卻始終沒跨出這一步，直到認識阿智。

該怎麼做?才能引起阿智對我的興趣呢?苦思許久，我決定把阿智在FB推薦的高雄咖啡店都走一趟，打個卡，寫一點評語，說不定阿智會主動邀約我去他的店喝咖啡。

一一走訪了好幾家店，從鹽埕區經營超過三十六年的老店小堤咖啡開始，小堤咖啡仿如昭和時期的老店，充滿奇異情調，客人以老人特別多。老屋改建的好雙咖啡新店，竟然就在電影館附近，門口有大片紅磚牆，綠意盎然，沒想到裡面別有天地，寬闊的空間、木質桌椅，天花板有各種精美的吊燈和一束又一束的乾燥花，半圓形窗戶非常特殊，又有味道。

真心豆行，其實有兩家店，一家在文化中心附近，非常小，但有許多排隊來買咖啡的人；七賢二路的真心豆行二店也是老屋改建，空間很大，擺著復古沙發、木頭桌椅和磨石地板，

咖啡館結合了烘培坊，溫馨又舒適，竟有一種在歐洲的錯覺。公寓咖啡和美森咖啡就在中央公園附近的巷子，兩家是鄰居，皆是充滿文青氣味的可愛小店。鬲离咖啡的店名很有意思，一樣是文青咖啡館，空闊的空間擺著舒服老舊的矮沙發，門口綠意盎然，還有一台賣霜淇淋的車子。

高美館附近有無數咖啡館，我特別去了阿智推薦的Stain漬，店名好古怪，彷彿賣的是日本料理，大門口看起來也不像咖啡館，裡面卻像一個大客廳，屬於現代化的裝潢，大木桌插著美麗的花，喝冰滴咖啡像喝威士忌一樣，玻璃杯有顆圓球的冰。鼻子咖啡有一面斑駁的紅磚牆和許多可愛壁畫，裝飾別趣巧思，老闆好像是音樂人，因為A-Lin、張震嶽、路嘉怡都去過。

發現阿智喜歡的咖啡館，多半是藝文氣息濃郁的地方，但是位在河隄附近的卡菲小時光卻截然不同，一種復古情懷和現代工業風的衝突結合，比如有一座高大的石頭壁爐，感覺溫馨，而牆上卻掛著重型機車，甚至有一面鐵網牆掛滿各種生鏽的修理工具，像鐵槌、扳手。

這一招，顯然獲得效果，阿智開始會來我的FB按讚。

第一次在捷運車廂和阿智偶遇，阿智主動走過來、坐在隔壁的隔壁座位和我閒聊，我們才知道彼此工作地點，這麼巧，都在文化中心呢；再一次在美麗島捷運站換車相遇，阿智和我一起上車，坐在我隔壁位子，我們又近了一步。

阿智笑著說：「妳要找一天到我的店裡，我請妳喝咖啡，

我們家的咖啡豆特別好，甜點也很好吃。」

我說：「一定。」

心底噗通噗通跳，這簡直是上帝創造的美好良機啊。

那天，我在FB偷偷寫下：「初夏夕陽是熱騰騰牛丼上一顆飽滿的紅蛋黃，輕輕戳開，愛情立刻在我的心中流淌。」

當阿智邀約喝咖啡時，捷運車箱經過世運站，火紅夕陽在窗邊掛著，我全身陶陶然，不知道阿智有沒有看到，我寫的文字，他看得懂嗎？

那，都是六月前的事了。

才兩個月，彷彿兩個世紀一般遙遠。

阿智好像真的沒看見我，和旁邊年輕男女笑著低語，透過玻璃窗反射，我瞄見阿智和他的友人們。

阿智的兩個朋友正對著車廂拍攝與自拍，今天搭的是史努比列車。坐過那麼多次史努比列車，雖覺得很有趣，卻從沒想過拍照。

阿智的朋友們，應該是北部下來的吧？這麼熱的夏天，竟然穿著厚靴，難道高雄是北極嗎？穿馬汀大夫短靴的是男生，穿牛仔短褲和高筒靴的是女生。

說真的，每到春天的左營高鐵站，我常有錯亂感。

同一車箱，有穿雪紡紗短袖短褲的、有穿皮衣牛仔褲的、有穿羊毛衫絨毛裙的，包括圍毛巾、穿羽絨外套。低頭看旅客鞋面，更有趣了，藍白夾腳拖、涼鞋、布鞋和絨毛雪靴共聚一堂，車廂像就像一個裝滿四季的鞋櫃，這的確是高雄特有現象。

阿智今天穿得好帥氣，合身深藍色短T搭配米白色長褲和那雙咖啡色休閒涼鞋，頭上戴著一頂編織帽，一肩背著灰綠色帆布背包。就像初次遇見他一樣，充滿鹽男的清新氣息。

我望著反射著人影的玻璃窗，深深注視著他，在內心深深嘆息。

巨蛋站到了，捷運廣播著，阿智和友人們沒有下車的意思，我繼續抓著門口的欄杆。心底揣測，我們下車地點不會一樣吧？

「想見又怕見，也許相見不如懷念。」不知道為什麼，想起這行字。

這是春天在老媽書架上發現某本書裡一張書籤上面的字，記得書籤上畫著浪漫的漸層水彩圖，本想

取笑老媽，沒想到老媽看著書籤開心極了，拔下老花眼鏡細看說：「真懷念！知道嗎？永田萌耶。」

「永田萌是誰？」

「虧妳是學美術的！竟然不知道永田萌！」老媽以不屑口吻、白我一眼。

接著，老爸竟拍了照片貼上FB，原來卡片是大學時代的女同學送給他的，老媽也不生氣，竟然去按讚……結果，叔叔阿姨一堆老人家們就在FB懷念起八〇年代的各種商品與音樂，包括瑪丹娜、麥可傑克遜、史汀和喜多郎。當然，也從老爸老媽那輩朋友的FB留言知道──永田萌是一個日本知名插畫家，她的圖在八〇年代的台灣曾經非常流行。

總之這瞬間，我完全能夠體會卡片上那兩句話「想見又怕見，相見不如懷念。」

我真的好遜。

繁華商圈的巨蛋站，一堆人下車了，阿智他們沒有下車，卻坐進空位；凹子底站、後驛站都沒下車，我拉了拉衣服，感覺腰椎痠痛，唯一的空位，除了博愛座，另一個就在阿智女性朋友隔壁的隔壁。

隔壁的隔壁，和阿智在電影館相遇，他就坐在隔壁的隔壁。

那一天我有多興奮，今天卻覺得好淒涼。

距離太近了，我即使腰痠，都不願意坐下來。

我猜想，阿智和朋友們可能會在美麗島站下車吧。還有兩站，我可以忍耐。

就這一瞬間，反光的車窗，我竟看見阿智往我的方向我走過來，嚇了一跳，忍不住轉頭，阿智已經在我眼前。

「妳還可以嗎？要不要坐一下？不好意思，現在才看到妳。」

聽到阿智這樣說，我好尷尬，我今天這麼醜。

阿智卻以溫柔眼神看著我，似乎想說什麼，停了一下才開口：「穿鐵腰很不舒服吧？我媽媽去年脊椎開刀後，也穿鐵腰的。嗯，我上週有看到妳，不好意思叫妳。」接著微笑：「妳真可愛，跟我媽一樣，喜歡把鐵腰穿在衣服裡，但是這樣不會有人讓座呀，真傻！」

接著，阿智牽著我的手，坐到那個空位。

我腦袋幾乎一片空白，只聽見阿智笑著說：「為什麼受傷了？打電腦坐姿不良？脊椎側彎嗎？還是開了刀……」

我呆呆地望著阿智的笑臉，說不出話來，直到列車播報出：「高雄車站……」對面一排乘客起身，座位上露出上可愛的史努比笑臉。我突然發覺史努比的好朋友那隻黃色的小鳥Woodstock慢慢擴大，變成圓形，像五月底那顆飽滿的蛋黃，愛情般甜膩暖流從我心口流過。

註：鹽系男子，日本流行語。意指讓人感覺很清爽的男子。身材細瘦、喉結突出、臉部到喉嚨的線條清晰、髮型清爽等，都是鹽系男子的特徵。鹽系男子以氣質取勝，和現實生活中所說的暖男很相似。

鹽埕
高雄電影館｜高雄市鹽埕區河西路 10 號｜ 07-551-1211
小堤咖啡｜高雄市鹽埕區鹽埕街 40 巷 10 號｜ 07-551-4703
好雙 2ins:H Café ｜高雄市鹽埕區大成街 73 號｜ 07-521-6476

前金
真心豆行 II ｜高雄市前金區七賢二路 365 號｜ 07-241-9850
公寓咖啡｜高雄市前金區仁義街 227 號｜ 07-215-7176
美森咖啡｜高雄市前金區仁義街 223 號｜ 07-231-2188

左營
鬲离咖啡｜高雄市左營區新上街 253 號｜ 07-556-6685

鼓山
Stain 漬｜高雄市鼓山區美術南五街 48 號｜ 07-552-8175
鼻子咖啡 nose920 ｜高雄市鼓山區龍水路 231 號｜ 07-558-8920

三民
卡菲。小時光｜高雄市三民區明哲路 33 號｜ 07-345-1419

Chapter
03

凹子底公園的鬍渣男

或許彼此世界看起來距離太遙遠，
我又太常遇見他，
奇妙地對我竟有種逆向吸引力，
人總有一種對未知的好奇。

喝完一瓶冰涼的夏多內白酒，蒂雅意猶未盡想再點一瓶，我點點頭，她立刻招手，要了一支智利的紅酒。

蒂雅是我的客戶，是我在高雄認識、一個和我酒量相當的時髦女子，見了幾次面，相談甚歡，加上蒂雅住在農十六，我租房子在巨蛋商圈，距離很近，我們偶爾會相約到高美館附近共度週末，因為這一帶環境優雅美味的餐館選擇性多。

通常我們習慣先去青海路的賣鹽順或酒饕客吃飯，然後到聚落喝酒。

賣鹽順是地道的台菜小館，煎豬肝和小卷米粉是我們的最愛，酒饕客則是舒適的精緻快炒餐酒館，每天生鮮的魚貨都會寫在小黑板上，兩家菜都做得不錯。酒饕客正如其名，擺滿了一整面牆的單一麥芽威士忌，也賣紅白酒和清酒，卻總感覺氛圍像吃飯地方，少了喝酒的閒趣。這一點蒂雅和我觀念相似，我們喜歡喝咖啡的地方就像喝咖啡的地方，最好只有濃郁的咖啡與糕點香氣，不該有什麼炸雞、烤豬排氣味；吃飯的地方就乾淨，菜香誘人食慾；喝酒的時候，則應慵懶舒適。

按照慣例，蒂雅又問起那個鬍渣男，這是我們最近的八卦話題。

初次碰到鬍渣男，是在巨蛋巷子一個小麵店，正想外帶一份肉燥乾麵，一到門口就發現一堆人圍觀並聽見吵架聲，高大的鬍渣男和矮小的老闆娘正臉紅脖子粗。

「你們做生意怎麼可以這樣？」鬍渣男大吼。

「怎麼樣？你打我啊！否則你就換別的店啊！」老闆娘聲音尖銳地回應。

一般人光看到高大的鬍渣男模樣，可能就會心生畏懼，沒想的老闆娘完全不怕，可能「奧客」遇多了，練就一身本事，之後發現男人身後有個穿小學制服、背著書包、一臉惶恐表情的小女孩，更覺這父親身教太差，他女兒應該嚇壞了吧。

蒂雅聽到這件事，也憤憤不平，因為聽過太多服務業被欺負的社會新聞，這世上怎麼會有那麼多以為「付錢就是大爺」的人。

再次遇見鬍渣男，則是一樁交通事故，兩輛機車摔臥在路口，地上滿是碎裂的零件，一個中年婦人似乎受傷坐在一旁，鬍渣男則和警察與一個額頭流血的年輕男人爭論不休，這個人果然是流氓，這種事不是調閱行車記錄器或街頭監視器就好，當時十字路口亮起綠燈，我立刻快步離開。

蒂雅一臉嫌惡：「我開車最怕這種人了，一有擦撞就拿棒球棒過來威脅。」

我說：「所以，還是搭捷運安全。」

「吼，高雄這麼大，捷運才兩條，而且高雄的馬路又寬又大，多好開車啊。」

「我租的房子沒有停車位嘛，而且我挺喜歡現在的房子，視野很好，以後再說吧。」

蒂雅特別喜歡慫恿我買車，因為她覺得高雄是一個非常適合開車的城市。

再次見到鬍渣男，是在中央公園，他和一群人舉著抗議牌，內容是抗議日月光和中石化的污染問題，在群眾中，他的身高和鬍渣模樣，非常醒目，我嚇了一跳，流氓也會關心環境問題、參與這種活動？後來還看見他出現在「支持多元成家」、「以認養代替購買」的抗議群中，我更不敢置信，接著，我和蒂雅對鬍渣男開始好奇起來，也成了我們口中的話題。

「如果他不是流氓，會不會是憤青？」蒂雅在兩支杯子注入紅酒。

「搞不好是收費的職業抗議者，否則怎會什麼團體都去參加？」我說。

「多數憤青對很多議題都感興趣吧？我有些FB網友就是這樣，老是轉貼一堆社會議題，煩都煩死了。」

「不過，喜歡貓狗的人總是不壞。」

「咦，就因為他支持貓狗認養……妳對他就改變印象？凱洛，妳也太好被說服了吧，我就說嘛，妳怎麼會常常遇見他，我也住在附近，怎麼就沒見過？他該不會長得很帥吧？難道是型男？」

「喂！」

老實說，鬍子男五官長什麼樣子，我完全不清楚，因為從未近身接觸，討厭的事件就算了，關於各種抗議示威或遊行，我向來很疏離，也不太關心，甚至看到這些人就會自動繞路，避之唯恐不及，心底認為他們若不是嫉世憤俗的人，肯定是拿了某政黨錢的走路工。

「沒錯，我真覺得他們吃太飽閒著，有這種時間抗議，怎不認真去工作呢？難怪台灣經濟敗壞。」蒂雅舉起酒杯和我碰了一下，接著像演戲一樣誇張地說：「凱洛，萬一有一天，妳跟這種人在一起，我可會嚇死！」

我大笑：「怎麼可能呢?!我腦子壞了啊?!」

蒂雅和我的家庭背景很相近，她爸媽在高雄經營一家大型醫美中心，在高美館的豪宅區有好幾層房子，我父母在台中則有一間頗知名耳鼻喉科診所，七期也有兩間房。我們兩個人從小就在私立學校唸書，唸完大學，到國外深造，唸書期間也都曾經趁機在歐美旅遊一陣子，都交過一兩個外國男友，在一般人眼底，我和蒂雅都屬於小資嬌嬌女。蒂雅是三年前回台，負責歐洲某廠牌衛浴設備，現在最大銷售市場是中國；我則在一家外商公司做進出口貿易，公司不大、產品項目不少，和蒂雅偶有合作企畫。

我很喜歡這份工作，挑戰性高，還有個勤奮又貼心的可愛助理茱茱，即使薪水不算優渥，自由度卻高，爸媽是那種認為我不賺錢也沒關係，但想起他們嘮叨和三不五時的相親安排，我內心就湧出窒息感，能離老家多遠就多遠、能逃多遠就逃多遠。

我是二〇一三年秋天從台北調職到高雄分公司，只要不在台中就好，雖然對高雄還不熟，我卻挺喜歡這個天空雲彩變化多端的晴朗城市，彷彿在美國般自由自在的學生生活。因為公司在巨蛋商圈附近，我也租房子在附近，特別喜歡凹子底公園，只要搭捷運經過凹子底都會忍不住下車，慢慢地沿著南屏路散步回家。夏日傍晚的凹子底公園，寶藍色的天空，兩排棕梠樹剪影，幽暗靜謐，美得不敢置信。

喜歡的原因除了離住處近，凹子底公園四季擁有豐美花卉、蟲鳴鳥叫的濕地，只要有空，我就會來走走逛逛，享受悠閒時光，當然公園四周擁有各種高端餐館，也深深吸引我。

神農路上裝修新潮時尚的大型咖啡館不少，我個人卻偏愛小型咖啡館，感覺比較有味道，比如格言咖啡或安窩咖啡；從墾丁走紅的迷路小章魚是西式創意料理，大片透明玻璃就可以看到一群穿著白色廚師裝的廚師們忙碌地在大廚房工作，環境極雅緻，就是油煙味大了點；尋味、戶谷川和食處與橫田日本料理，也是我常去的晚餐處所，店都不大，食材新鮮，很有家庭味道，特別對於像我這樣離鄉在外的單身女子，非常溫暖。偶爾想吃握壽司，我會去義郎。投幣式買票券的麵處小林雞白湯底拉麵挺對我的味蕾，匠麵巴士是愛河邊賣日本拉麵的紅色公車，這輛公車並不像電影《五星級快餐車》，不會到處開，一直停在那塊空地，巴士裡的座位不多，傍晚五點鐘開始發號碼牌。某些店排隊是必須的，凡需要排隊的店，都讓我怯步。

我就是喜歡舒舒服服過日子那種人，所謂小確幸，也不太懂為什麼沒有狼性、就會變成羔羊？非常厭惡媒體總愛拿兩岸做比較，比如：「對岸在討論一帶一路，台灣還在談豬哥亮」、「對岸在講大數據，台灣還在談魯肉飯」……

一直很喜歡某個小故事。

一個富翁來到一個小島上度假，看見一個年輕的漁夫在碼頭釣魚，手到擒來，不到半個鐘時間便釣了十多條肥大的活魚，一塞滿整個水桶，漁夫收桿離開。

富翁不解問道：「為什麼不多呆一會兒，可以釣更多的魚？」

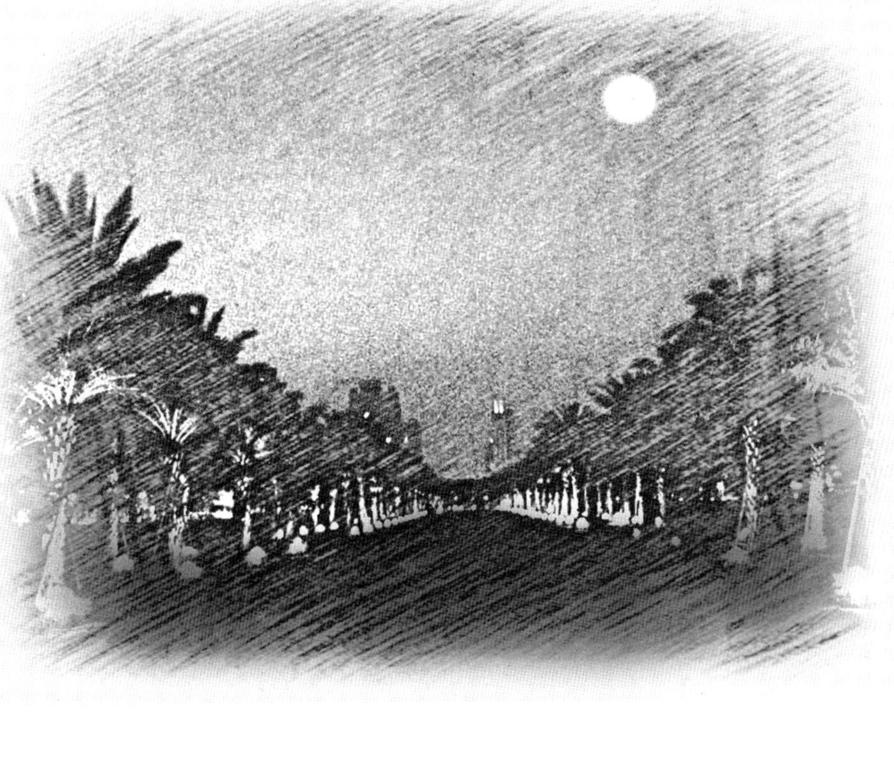

漁夫回答：「賣掉這些魚已經夠換來好幾天的家用，等需要時再釣吧。」

富翁說：「我很欣賞你的釣魚技術，我願意花錢投資你買一艘新的漁船，你就可以捕更多的魚，並教導幾個人幫你捕魚，然後賺的錢存下來就可以買第二艘、第三艘漁船，然後，就有資本建設魚罐頭工廠行銷全世界，成為百萬富翁。」

漁夫問：「成了百萬富翁之後怎麼樣？」

富翁說：「然後，你就可以優哉游哉地坐在碼頭上，曬曬陽光，釣釣魚。」

漁夫不可思議看著富翁：「我現在不就是這樣了嗎？」

蒂雅和我在這部分觀念就很不同，她是富翁，我是漁夫吧。可能因為她的產品主要市場是中國，多次往返，恨鐵不成鋼的心情中，多少有怨懟。

至於鬍渣男，或許彼此世界看起來距離太遙遠，我又太常遇見他，奇妙地對我竟有種逆向吸引力，人總有一種對未知的好奇。

我們第一次對話，是二〇一四年初春在中央公園，他和幾個義工在一起，宣傳黑箱服貿的訊息，給了我一份服貿懶人包的文宣。

當時，我還搞不清楚服貿是什麼東西，雖看過電視和網路報導，很混亂，倒是記得初聽「服貿」二字，想起了「福茂」唱片，大學時代曾經很喜歡范曉萱和周蕙的歌曲。

沒想到一個戴著印有國旗圖案棒球帽的老先生突然冒出來，把我手上傳單扯掉，開始大罵鬍渣男，鬍渣男拚命解釋，旁邊兩個義工也跑來護航，老先生拚命罵，用詞大概是：「你們這些不學無術的大學生！」「你們才是國家的毒藥！」「什麼黑箱?!」

兩方爭論不休、鬧得不可收拾，圍觀者越來越多，現場大呼小叫、髒話成了口水戰場，我嚇得想拔腿就跑，忽然被一個戴粉紅帽子的阿姨拉住，竟然是那個十字路口車禍的中年婦女，她手上也拿著一疊傳單。

她笑著重新給了我一份文宣：「回家可以看看。」

我脫口而出：「妳身體好一點了嗎？」

粉紅帽阿姨露出疑惑表情，我趕緊說明之前在十字路口看到車禍的事。

她即刻露出笑容：「沒事沒事，只是膝蓋擦傷，多虧小吳的幫助，我至少拿到修車費……」阿姨手指著正被老先生怒罵的鬍渣男，搖頭感嘆：「現在年輕人騎機車常橫衝直撞，超車撞人不僅死不認錯，還說我是三寶，撞了就想落跑，如果不是小吳抓住他，啊喲，修車要一萬多呢。」

原來如此，故事的另一面真料想不到。

一週後見到鬍渣男，依然在中央公園。他似乎不記得我了，一臉嚴肅地發傳單給我。

他說：「這是重大的事，攸關你我權益，請一定要看一看！」

我接過文宣，隨口：「好。」他露齒一笑，牙齒好白。

「完蛋了！一個女人會注意男人牙齒很白，這是一個警訊！」

「什麼警訊？」

「想接吻的欲望啊。」

「妳有病，他已婚有女兒了。」

「妳又知道了，搞不好離婚了。」

在爾本廚房享用早午餐時，我提起這件事，蒂雅對服貿罵了幾句，卻對我和鬍渣男的發展，有一種看好戲的表情。

後來，當學生們占領立法院、攻進行政院，火火熱熱每天占據新聞版面，在電視裡沸沸揚揚，南台灣的高雄街頭氣氛，依然溫馴和樂，頂多捷運站舉牌的人數變多了，據說還有一次遊行，從報紙知道的。我和鬍子男碰面的次數卻多了，因為某個客戶的公司剛好在大立百貨附近，我常常在中央公園下車。

某日去凹子底公園散步，很湊巧的又遇到他，原來他偶爾也會到凹子底公園舉牌。每次碰面，我們都保持禮貌性點頭，偶爾客套閒聊幾句。

之後，從粉紅帽阿姨口中，我慢慢地認識了他。

原來，鬍渣男本來都在台北工作，三年前因為一樣是醫師的父親過世，回來繼承診所。竟然是醫生，還以為他是無業的憤怒青年，因為老是看見他在街頭發傳單，曾經懷疑過他怎麼維生……這瞬間，覺得自己「以貌觀人」的想法很可恥，我豈不是和之前戴棒球帽的老頭無異嗎？

蒂雅是根本不在意我的個人反省，一臉亢奮。

「靠！流氓竟變成醫生了，天啊，簡直像在演偶像劇嘛！以後我可以叫他『流氓醫生』嗎？這根本是偶像劇片名。對了，他到底帥不帥，妳都沒說過，老說鬍渣男，怕被我搶走嗎？放心，我不會的啦，我受夠了醫生，我前夫就是長庚醫生，忙到忘記我，卻還有時間跟美貌小護士約會。」

唔，蒂雅結過婚啊？我的世界，有一夜變色的暈眩感。

對鬍渣男印象最深刻的一次，是七月底在捷運巨蛋站，我拉著旅行箱準備搭高鐵回台中，竟看到鬍渣男、志工們與幾個壯漢扭打起來，抗議牌散落一地，大家嘴巴都不乾不淨、又吼又罵，警察也趕來……鬍渣男被警察拉開，一抬頭，臉上瘀青紅腫、鼻下淌著兩行熱騰騰、鮮豔的血，我們四目交接，時間彷彿在那瞬間停止。

我不知所措，心底想著高鐵時間表，又不知道該不該和他打招呼。就這樣，四目交接後，我低下頭，默默轉身拉著行李箱走向捷運站。

因為那一幕驚心動魄，彷彿武打片，感覺太難受了，連想起太陽花某一夜，學生們被警察打得鮮血直流的殘暴畫面。

非常不舒服。

我從未親眼見過這種濺血場面。

更難忍受的，恐怕是自己當下的反應，竟然就拖著行李箱、走向捷運站。

三十分鐘後，我沒有搭上高鐵回台中，並非時間趕不上，而是我坐在高鐵站旁的候車位發呆太久。時間一分一秒過去，一分一秒又過去，我感覺身體忽冷忽熱，胸口有些悶結。不知道為什麼。我拉著行李箱，搭上捷運，又回到巨蛋捷運站。

巨蛋捷運站出口，還是人群吵鬧，警察和民眾繼續撕扯爭執，我並沒有在人群中看見他，可能送醫了吧。瞬間，我氣力盡失，啊，真想好好躺在自己的被窩、沉沉睡去。我確實整整躺了兩天，沒有出門，也沒回台中，爸媽拚命打電話來，我只推說感冒了。

隔了幾天，高雄凱旋路發生氣爆，震撼了全台灣，也震醒我。

因為公司小助理茱茱，如此年輕活潑、勤奮又貼心的女生，就這樣離開了，全公司員工都哭得厲害。哭吧，因為不知道該說什麼話、該怎麼互相安慰，說多了傷感話，可能更加傷害家屬。

原來，有時放聲大哭是好的，可以把所有的憤怒哀傷用力吐到空中。

這時候，我好想舉牌喔、好想罵髒話，大字寫著：「你們這些沒良心的公司！通通去死吧！」

我這輩子沒遇過這麼糟糕的經歷，雙眼紅腫了好幾天。

氣爆後的某一夜，正打算從中央公園搭車回去，廣場一個揹著吉他、坐在板凳自彈自唱的男孩吸引了我，他的聲音彷如過世的張雨生一般乾淨清澈，有許多人圍成一圈，我走到階梯坐下來，安靜地聽著男孩唱著一首又一首張雨生的歌，聽到「Say Goodbye Say Goodbye，昂首闊步，不留一絲遺憾……」不禁淚如雨下，因為茱茱再也不會回來了，一個心地善良，從來沒做過壞事的小女生就這樣消失了，誰該負責任？為什麼沒有人可以負責任？為什麼？

這時候，一個熟悉的身影坐到我身

邊，我抬眼一望，竟是鬍渣男，我哭得更厲害，而他只是輕輕拍了一下我的肩，什麼話都沒說、也沒問，安靜地坐著，和我一起聽歌，任由我低泣。直到夜間下起大雨，他拉著我躲入捷運站。

夜裡，我們擠在車廂裡，仍舊什麼話都沒說，直到巨蛋站。

我尷尬地說：「謝謝，我在這裡下車了。」

他說：「好。」卻跟著我下車，然後指指對面車道：「我要往那個方向，我的機車還停在中央公園。」

啊，他是特地陪我搭這段捷運，一道暖流不禁從胸口穿過，竟不知該說些什麼，腦中浮現了他被打到流血的事。

我小聲問：「你的傷口還好嗎？上次……」

他露齒一笑：「小事。」撩起頭髮，太陽穴有一小道淡淡的疤痕。

工作之餘，我和幾個同事開始投入氣爆義工行列，去發便當、協助整理物資，算是為茱茱盡一點力量，同時，我也沒時間想鬍渣男的事了。沒想到在義工行列中，遇見粉紅帽阿姨，她是資深的義工，教導我許多事。

偶爾提起鬍渣男，阿姨對他非常讚許，偶爾罵他，都幾歲的人，常像孩子一樣衝動。

我克制不了好奇心，問阿姨：「他不是結婚了嗎？有個女兒。」阿姨一臉狐疑，我繼續說初次見到他在麵店和老闆娘吵架的事，還有那個小學女兒。

阿姨聽到一半，就無法忍耐，開始霹哩啪啦罵起那個老闆娘「唯利是圖」、「毫無良心」、「不守信諾」……聽了很久，才清楚阿姨在說什麼，內心充滿強烈震撼。啊，眼見為憑的故事也不見得能看清真相——那小女孩是一對志工夫妻的女兒，熱愛公益的夫妻倆和女兒本來是一個幸福小康家庭，前一年老公幫好友作保，好友竟遺留千萬債務跑了，男人因此抑抑不鬱上吊自殺。留下母女，母親打了兩份工，八歲女兒還算懂事，但三餐自理有點困難，鬍渣男於是給了小女孩住家附近麵店三千元，希望小女孩去吃麵，只要收她十元就好，其它扣抵，別傷害小孩子脆弱的心。麵店老闆同意了，老闆娘卻不認帳，當作沒這件事，一碗麵仍收原價，導致鬍渣男上門理論。

聽完故事的夜晚，我心緒很亂，當工作結束、志工們揮手說明天見的那一刻，我在擁擠的人潮中隔著遠遠地看見鬍渣男，他和善地朝我揮了揮手，我愣了一下，也用力揮了揮手、揮了又揮，直到他消逝在人潮中。

「故事原來是這樣啊，很像偶像劇，也不像偶像劇。」蒂雅充滿憂傷的語氣。

歡送蒂雅去首爾就職的夜晚，第一攤約在酒饗客，同事全部到齊，公司請客；第二攤是聚落酒吧，少了三分之二同事，剩下的三分之一在十點鐘就各自告別，我在十點半抵達。

蒂雅很在意同事們的態度，比在意我和鬍渣男的八卦更高，因為代表她做人不成功，她一直以為自己在人情世故面處理得不錯，結果當她離職，同事們只願意享受免費晚餐，要花自己錢的續攤，通通落跑。

是的，沒有眼見為憑的真相或真情。

「哎呀，說不定妳去首爾會認識帥帥的歐巴。」我開玩笑。

「那我可能得先整容一下。」

「麻煩請整得讓我還認得妳。」

蒂雅喝醉了，我也喝醉了，我們各自懷著複雜的心情，說了很多很多話，醒來都忘了內容，怎麼也想不起來。

兩年半後，蒂雅嫁給一個在三星相關企業工作的歐巴，寄給我一張商務艙來回電子機票和飯店房間二微碼，婚禮搞得熱熱鬧鬧，連蒂雅的偶像張東健都來祝賀。

我們仍想不起那夜說了什麼話。

二〇一四年春末因為服貿展開的學生運動，被稱之為「太陽花學運」，這一點，我一直很疑惑，疑惑的並非學運，是花名。在台灣，狂野綻放的金黃色向日葵常被稱之太陽花，它確實有向陽功能，我們一直仍統稱「向日葵」，而另一種充滿各種色彩又溫馴的非洲菊，原先都被稱之「太陽花」，經過學運運動，向日葵變成理所當然的太陽花，原來的太陽花卻被忘了。

我的傷感和花無關，卻感覺自己就像一株被忘了的非洲菊，因為鬍渣男，在我生命中短暫出現，又在我生命中消褪。

二〇一四年底，我再也沒見他了。

聽說，他去台中為某立委的選舉操刀。

聽說，他在幫小英寫環保白皮書。

聽說，他被號召去某縣市當環保文宣主管。

聽說，他在台北的教學醫院上班。

聽說，他搬到中國，開了一家骨科醫院。

聽說，他得到一筆資金，到了蘇俄，致力研究薩德系統。

聽說，他在研究火星的環保系統。

從粉紅帽阿姨口中，聽見一些空穴來風的馬路新聞，有些是我胡思亂想。

二〇一六年大選過後、政黨再次輪替，我依然沒看到他。每次走出巨蛋、凹底子和中央公園捷運站，我總會特別留意那些舉牌和抗議的群眾，或許我這輩子再也見不到他了。

今年二月十九號，我被粉紅帽阿姨拉去參加「中南部反空污大遊行」，這是我有生以來第一次參加抗議活動。因為二〇一六年南部霾害特別嚴重，整個冬季的天空就像蒙上一層灰污，看不見一朵雲，這是我搬到高雄幾年，最不舒服的日子，身邊有孩子的朋友都受不了，有的嚷嚷要搬到台東，有的說墾丁。

在一堆戴著印有「健康空氣」或「簡單生存」標語的綠口罩人群中，我遠遠就看見他高大的身影，一時竟心跳不已，忍不住用力揮手、大力揮手、跳起來揮手，粉紅帽阿姨也看見他，跟著我一起揮手，還拉著身邊的人一起揮手，大家不知究竟，卻都跟著起舞，我們一群人朝著鬍渣男的方向不斷揮手，這場景雖荒謬，我卻好感動。

總而言之，這一次，就算他淹沒在人潮中，我也要找到他。

鼓山

賣鹽順｜高雄市鼓山區青海路 173 號｜ 07-553-0668
酒饕客小飯館｜高雄市鼓山區青海路 193 號｜ 07-586-8238
聚落 MiniEnclave ｜高雄市鼓山區美術東五路 120 號｜ 07-550-1388
格言咖啡｜高雄市鼓山區美術東五路 50 號｜ 07-522-2009
爾本廚房｜高雄市鼓山區龍文街 71 號 1 樓｜ 07-553-4528
戶谷川和食處｜高雄市鼓山區美術東三路 1 號｜ 07-553-8400
尋味日本料理｜高雄市鼓山區裕誠路 2046 號｜ 07-586-9003
橫田日本料理｜高雄市鼓山區美術東五路 37 號｜ 07-553-1537
義郎創作壽司｜高雄市鼓山區美術東二路 59 號｜ 07-553-6149
匠麵巴士｜高雄市鼓山區博愛一路 433 巷｜ 0979-133-309
掌門精釀啤酒｜高雄市鼓山區青海路 177 號｜ 07-552-2285
小綠｜高雄市鼓山區美術南五街 2 號｜ 07-550-3722

左營

麵處小林｜高雄市左營區博愛 2 路 296 號｜ 07-558-2227

She is spoken for

Chapter 05

被版權所有的女人

曖昧的某些動作是輕輕悄悄，莫莫名名的，
手掌相握的溫熱一瞬間，
不知怎麼忽然感覺此刻有人和自己同一國。

高雄基本上是沒有冬天的，但三天連假春末海邊的風還是挺冷。

位在私人遊艇俱樂部碼頭旁的 Mr. Oyster 餐廳是這一年熱門的餐廳，沿著南高雄海岸有一片臨海的寬闊陽台，景觀絕美。遠眺旗津燈火和打狗英國領事館，欣賞各式往返的遊艇，享受海上夕陽，喝香檳、大啖進口生蠔，簡直就像法義交界的度假聖地蒙地卡羅。

只是熱門餐廳並不好預定，閨蜜們也不好喬時間，有人要出國、有人要出差、有人被年幼小孩牽絆住，終於在周末夜晚可以共聚……最後，還是被放了鴿子。

閨蜜 Line 群組裡，每個人都以為只有自己失約，不差那麼一個人，一個個說了抱歉後，感覺不妙，開始已讀不回。

我和艾麗又生氣又尷尬地占用了八個人桌子，正不知怎麼跟餐廳解釋，沒想到隨後來了四個穿著普通襯衫西裝、看似三十多歲和我們年紀相仿的男人，客滿狀態下，我們不得不同意併桌，心頭也卸了一口氣。

十點鐘方向的男人是射手座，十二點鐘方向的是獅子座，一點鐘方向的男人是牡羊座，三點鐘的方向是金牛男。

有一組火象星座，聒噪可想而知；豪邁的點餐方式，也不意外。

海鮮拼盤和一瓶香檳上桌，包括十二顆法國吉拉多頓大生蠔，每顆生蠔單點三百元台幣，真不手軟，他們也大方地邀請我們共享。

艾麗對我小聲說：「一定要拍照，上傳到群組。」

當然，被六個女人同時放鴿子，太過分了。

射手男顯然對生蠔挺有研究，將檸檬汁擠入生蠔，大口吞下：「說到生蠔，大家想到的都是知名度高的貝隆生蠔，其實法國吉拉多生蠔才是被稱為『生蠔中的勞斯萊斯』呢！」

獅子男對酒類似乎不陌生：「Moët & Chandon 味道很爽口，雖然我比較喜歡 Single malt whisky，偶爾喝一下香檳也很不錯。」

牡羊男將生蠔沾上雞尾酒醬汁，大口吃掉，喝盡一杯香檳，這樣說：「你們不懂，在高雄喝酒就是要去海產攤才有夠味！你們這兩個北部聳！」

男人的競爭意識，彷如擲骰子，總莫名熱衷比大小，不可思議。看著三個男人拚命賣弄，我和艾麗相覷半晌，看得出彼此眼底的笑意，但我們什麼也沒說。

「隔壁是私人遊艇俱樂部喔，他們有一種六個人的遊艇出租，這是高雄最奢侈的享受。」金牛男微笑幫我們的杯子倒滿香檳。

「我們剛好六個人呢。」射手男興奮地說。

「超棒，我們等一下去租遊艇吧。」獅子男說。

「……那是會員制，就算是會員也得提前預約。」金牛男說。

「好可惜！」艾麗輕嘆。

「我有個客戶是這個俱樂部的會員，如果妳們有興趣，我可以問問。」金牛男立刻說。

「真的嗎？」艾麗充滿興趣。

金牛男微笑地點點頭，其他男人們安靜起來，看來金牛男這一局占了上風。

第二瓶香檳之後，才知道其他三個男人沉默的原因，原來只有金牛男在高雄工作，其他三個男人分別在台中、新竹和台北上班，四個人都在IT產業，今晚會齊聚在一起，是因為午後在八五大樓剛參加了同學會，他們是大學同窗且服役地點都恰巧在屏東東港，感情特別好，決定同學會後續攤。

獅子男率先問：「兩位美女呢？是同學還是同事？」

「我是艾麗，我是做酒類銷售，這位是我乾姐小楚，她在運動用品公司上班。」

「酒類銷售？是酒促小姐？」牡羊男問。

「你太沒禮貌了！」獅子男說。

「艾麗是法國酒商高雄分公司的公關企畫。」連我都感覺牡羊男真沒禮貌。

「是哪一家？」金牛男問。

艾麗從包包掏出名片，遞給金牛男，露出公關似的客氣口吻：「如果你喜歡紅酒，我可以推薦不錯的，價格也會很優惠喲。我們在台北、台中都有分公司喔。」接著把名片一一遞給其他三個男人。

射手男倒是對我們失約的那六名閨蜜，隱約透露遺憾。

「美女的朋友通常都是美女，真希望她們可以來，這樣一次認識八個美女，多幸運啊。」

獅子男比較會察言觀色：「其實，今晚有兩位美女共襄盛舉，就很開心。」
牡羊男幫腔：「對呀，艾麗簡直長得像網紅，一定有說妳像雞排妹吧?!」
射手男說：「什麼網紅？也太小看艾麗了！」
獅子男趕緊補充：「現在流行的是小楚這種女生，有深深酒窩，多可愛。聽說很多韓國女生整容都會特地整兩個酒窩。」
「嗯嗯，謝謝……」我望著艾麗，哎，這叫我怎麼接話呢。
夜深酒盡，大家都喝得有點飄飄然，男人們也卸下面具，談起工作甘苦、比較起各自公司「傷肝指數」，一連串的「大數據」，順便穿插當兵甘苦談的笑話。我和艾麗，開始感覺無趣起來，各自滑起手機。直到手機鈴響，艾麗的未婚夫正開車過來接她，男人們才發現：「喔，她是某男人的未婚妻。」是「版權所有」的女人。
當艾麗提起她的名牌包，站起來和大家揮手微笑說「再見」，男人們瞬間有點洩氣，有一種「搞什麼？妳有未婚夫喔?!怎不早講?!害我們拚命努力取悅妳。」
那幾張失落臉，真令人不舒服。
我自然知道自己外表差艾麗兩條街，艾麗是典型美人胚子，五官甜美、膚白長髮、身材窈窕，向來都是男人眼光追逐焦點，不過「可愛動物類」的自己，也沒那麼差吧?!
「我也差不多，該走了。」
「才九點多？幹嘛這麼早走？妳結婚了?!」牡羊男說。
「我．未．婚。」
我以冷靜清晰的口吻回答後，內心真想打這個男人。

「叫妳的他一起來嘛。」射手男挑釁。

「我該走了。」我語氣生硬地，更想揍這個男人。

「哎呀，你們看月亮，多美啊，難得相聚，我們好像都沒有一起乾杯，Cheers！」獅子男打圓場，舉起酒杯。

金牛男坐到我身旁，輕聲說：「對不起，他喝醉了，他不是故意的，他的酒量一直不太好。」才兩瓶香檳，大家分喝，不過兩杯，就醉了？這酒量何止差。

望著黃色的上弦月仿如紙片貼在湛藍的星空，海港遠處燈火閃閃爍爍，一艘又一艘船緩緩經過，在黑夜中浪漫起來。

「不要走。」金牛男在此刻，從桌底輕輕握住我的手，我略猶豫。

於是，五個人舉杯齊喊「Cheers！」

曖昧的某些動作是輕輕悄悄，莫莫名名的，手掌相握的溫熱一瞬間，不知怎麼忽然感覺此刻有人和自己同一國。

喜歡他嗎？說真的，並沒有。

臉圓圓、帶著方框眼鏡、個子不高的金牛男，完全不是我的菜。

只是看著艾麗與未婚夫離去，我寂寞起來。

艾麗的未婚夫是我的二表哥，自小的偶像，二表哥高大俊朗、才識豐博，再怎麼喜歡，也不能嫁給表哥，但表哥卻成了我的擇友標準，後來我找的男人都是這一類型。三個月前分手的男友，就是小一號的表哥，雖然各方面都不及表哥優秀，我還是死心塌地，他卻劈腿跟一個和艾麗模樣很像的手搖茶店長腿小妞，想起往事，心情就無限墜落，溺水一般的窒息，握住我的手的金牛男說不定剛好是一塊海上的浮木。看不見、看不清、不瞭解。我猶豫起來，又想在藍色星海浮沉一下也好。

只是，真沒想過這樣一個意外的夜晚，溺水的人，不只有我。

乾杯過後，牡羊男建議去海產攤再續，射手男想去KTV唱歌，獅子男一早還要趕高鐵回台北開會，不願換地方，男人們於是叫了一瓶白酒。

隨著酒精在血液茁壯，大家情緒越來越坦率、越來越高亢。

我才發現男人們說的「八五大樓同學會」是某養生藥品的傳銷訓練營，同學拉著同學，半年內陸續加入了這個傳銷產業，夢想著成功，事實上產品並不好賣。

接著，獅子男提起和前妻的離婚訴訟官司，女兒才兩歲，他非常想念她。

射手男和深圳前女友，糾葛不清，本以為是丈母娘問題，簡單說是錢和房產的問題，他不知道為什麼娶一個女人，要先傾家蕩產在深圳買一套房，他確實很愛那個女人，但他毫不打算待在鳥不生蛋的深圳，他想帶女友回台灣生活。

被女友劈腿的牡羊男粗魯地說：「反正關了燈，女人都一樣啦。」

此話一出，牡羊男立刻被男性圍剿，大概認為還有女性在場，不該這樣講話。
有些醉意的牡羊男卻又補了一槍，看著金牛男：「你老婆今天怎麼沒有奪命追魂 CALL ？」
我望著金牛男，心想，原來，你結婚了。
金牛男欲言又止，還來不及回應。
獅子男急著圓場：「……他們分居了。」
射手男補充：「他太太不住在高雄。」
簡直是豬隊友，越描越黑，看來金牛男人緣不錯，同學們都想幫好友謀取一點小福利和小確幸。
只是啊，我現在怎麼變成金牛男「版權所有的女人」？

心情越來越沉，真想立刻起身離去，但望著寬寬闊闊的無敵夜景，本來今晚應該是浪漫的女人之夜，真不甘心。
不知怎麼某個念頭敲醒我，我把包包放到椅上，伸手一招，服務生來了。
「再來一盤海鮮拼盤……」我無視男人們疑惑的表情，豪邁地點單：「請給我們十顆生蠔和一瓶 Mumm 夢粉紅香檳，另外，我還要一個白酒淡菜，謝謝。」
男人們完全來不及回應，我已經伸手摟住金牛男的肩膀，就像「版權所有的女人般」，做出應該的動作、說應該說的話，語氣撒嬌：「嘿，我想，大家應該都餓了嘛。」
Mumm 夢粉紅香檳、淡菜、生蠔，是去年和男友去法國尼斯旅行的浪漫回憶，即使有些心酸，畢竟今晚的餐酒價格不菲，暫時充當一個被版權所有的女人，還是合算。

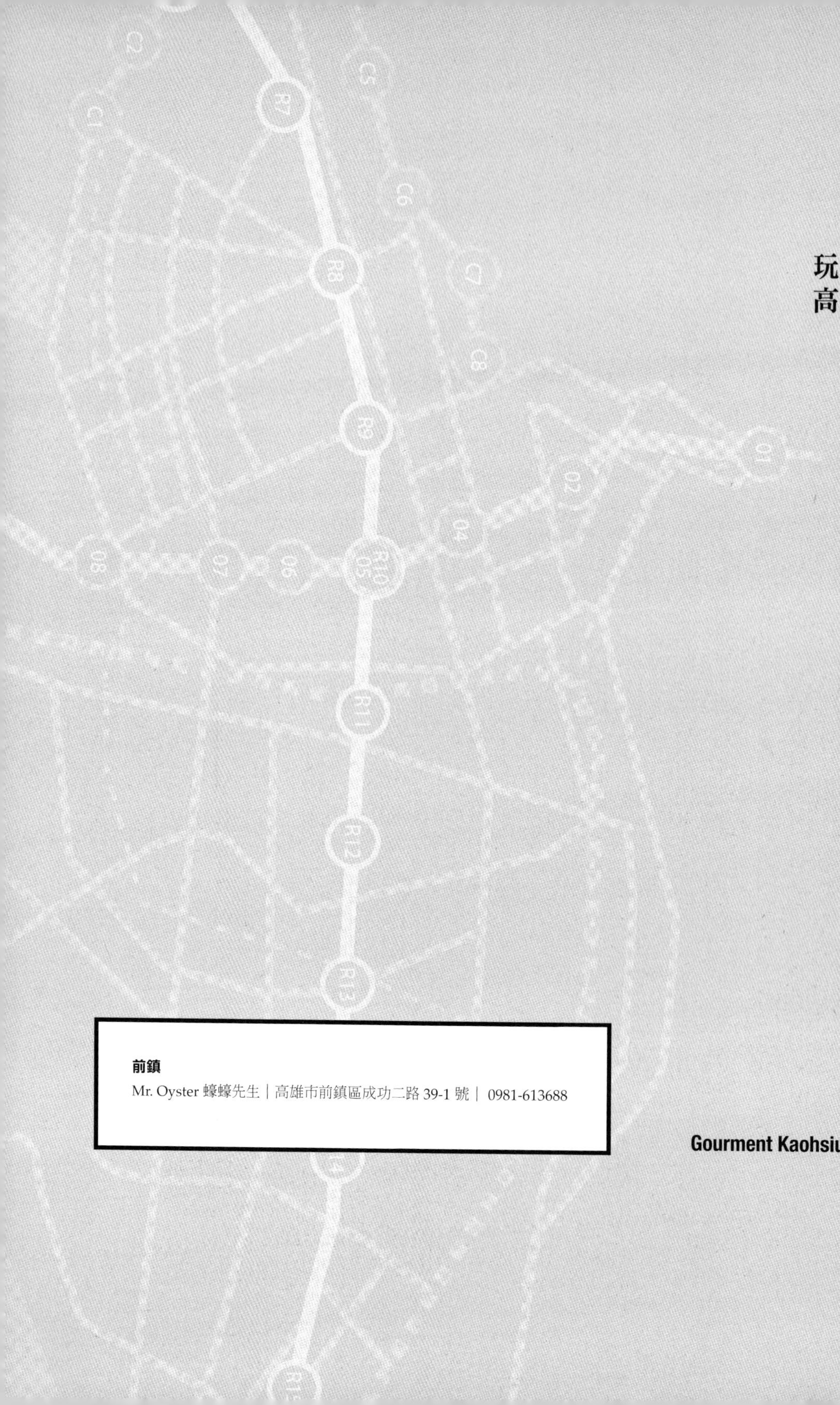

玩味高雄

前鎮

Mr. Oyster 蠔蠔先生｜高雄市前鎮區成功二路 39-1 號｜ 0981-613688

Gourment Kaohsiung

妳住在高鐵站
哪個方向
Where
are
you staying

到高雄出差時，他傳了一張地圖，問我：「妳住在高鐵哪個方向？」
左營高鐵站
軍校路
海軍左營高爾夫球場
蓮潭路
漢神巨蛋購物廣場
鼎中路
VINCENT
咦，問這個幹嗎？！
11:18
這樣，我才可以想像啊!
11:18
中華電信
11:18
100%
VINCENT
咦，問這個幹嗎？！
11:18
我問：「想像什麼？」他說：「想像，妳，距離我有多遠。」
好可愛的話。
我呵呵笑，寫下這行字，猶豫半晌，沒按傳送。
北邊，距離高鐵站10分鐘
都 表 的 司
傳送
空格

他再次到高雄出差，是半年後的事。
他傳來私訊，約深夜十點左右，我看到訊息時，是凌晨一點多。
VINCENT
可以去找妳嗎？
10:02
你住高雄哪一區？
01:04
半小時後，他打電話給我。
不好意思，我睡著了，不知道哪一區，大概在駁二附近吧。
聽到駁二，我笑了。
今天太晚了。
妳不是夜貓子嗎？
他似乎不太理解。
我是啊，可是，高雄是長型地形，跟台北市區很不一樣。

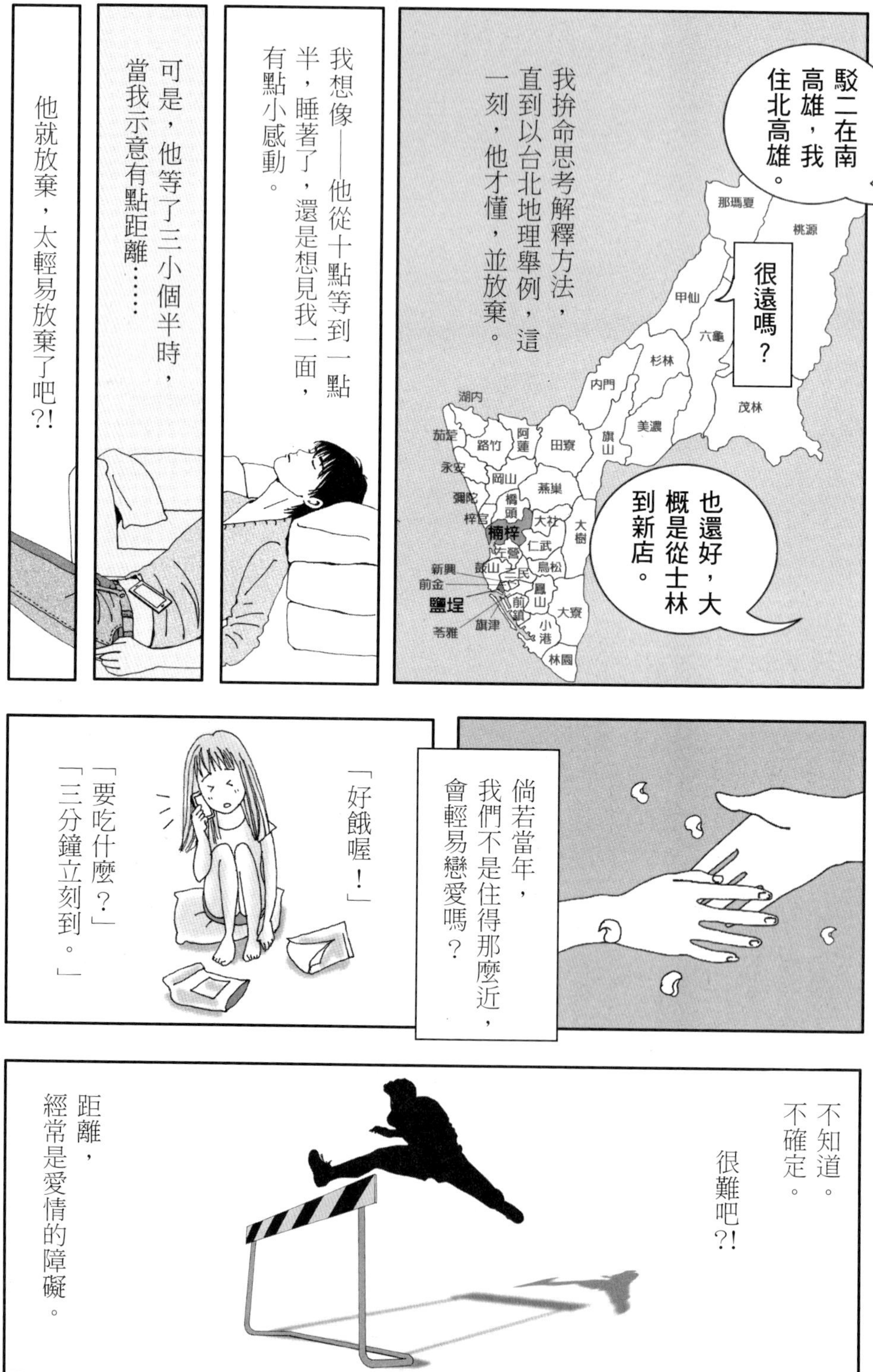

駁二在南高雄，我住北高雄。
很遠嗎？
也還好，大概是從士林到新店。
我拚命思考解釋方法，直到以台北地理舉例，這一刻，他才懂，並放棄。
那瑪夏
桃源
甲仙
六龜
杉林
內門
茂林
美濃
旗山
湖內
茄萣
路竹
阿蓮
田寮
永安
岡山
燕巢
彌陀
橋頭
梓官
楠梓
大社
大樹
左營
仁武
鳥松
新興
鼓山
三民
前金
鳳山
鹽埕
前鎮
大寮
苓雅
旗津
小港
林園
我想像——他從十點等到一點半，睡著了，還是想見我一面，有點小感動。
可是，他等了三小個半時，當我示意有點距離……
他就放棄，太輕易放棄了吧?!
倘若當年，我們不是住得那麼近，會輕易戀愛嗎？
「好餓喔！」
「要吃什麼？」
「三分鐘立刻到。」
不知道。不確定。
很難吧?!
距離，經常是愛情的障礙。

他再一次出差，一抵達高鐵站，立刻發訊息。
15:20
VINCENT
其實，我們只距離十分鐘耶，搭計程車就可以到妳家。
15:19
哈，被你發現了！
15:20
「晚上去找妳好嗎？」
「別太晚，我昨天沒睡好。」
VINCENT
知道了，就是很想見妳，六年沒見了呢。
15:21
可是我們距離很遠呢。
15:22
15:22
VINCENT
從士林到新店，對不對？
15:22
哈哈哈哈哈
15:22
如果當年，我們一個住在新店、一個住在士林，還能相戀嗎？
早餐來了！

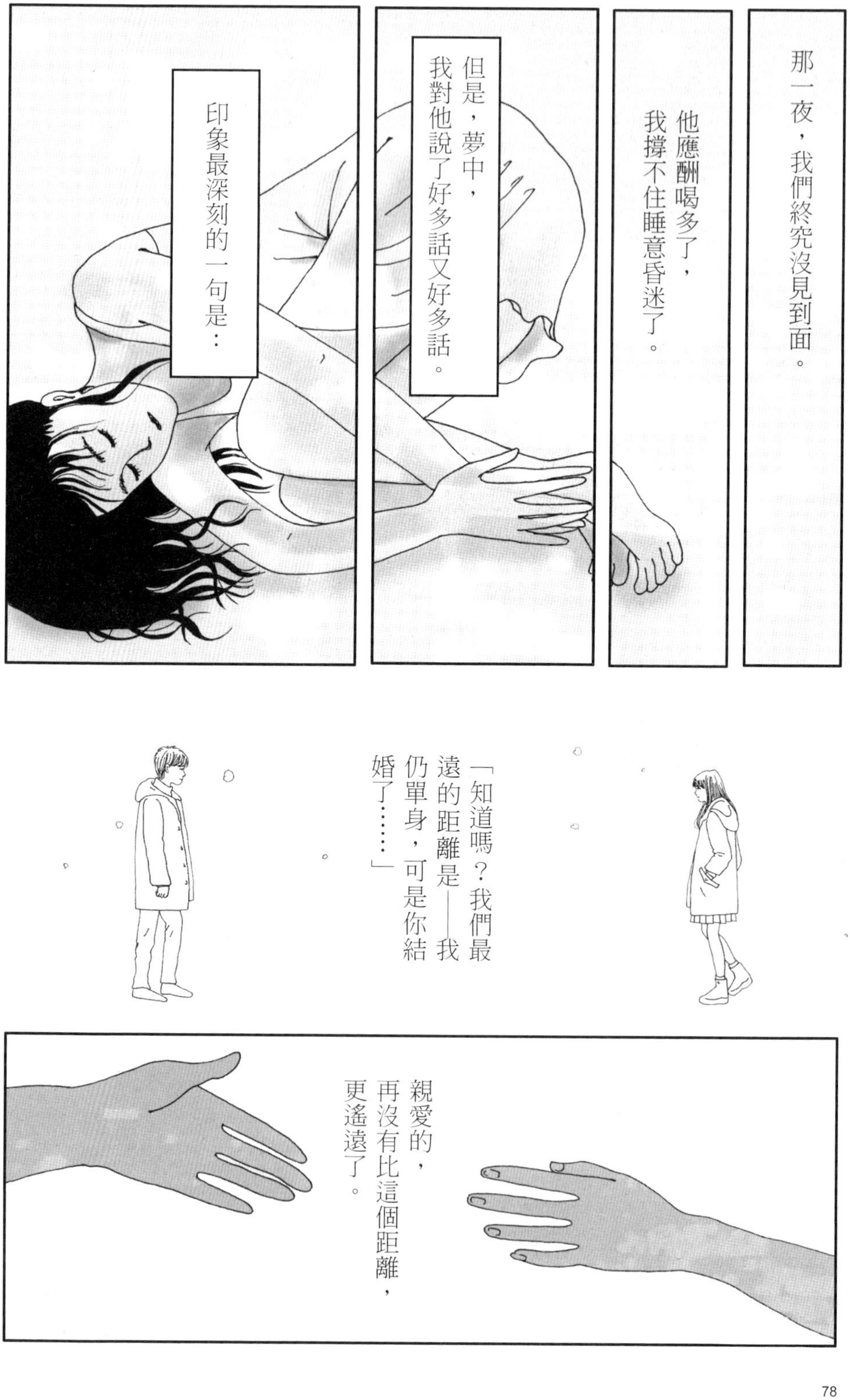
那一夜，我們終究沒見到面。
他應酬喝多了，我撐不住睡意昏迷了。
但是，夢中，我對他說了好多話又好多話。
印象最深刻的一句是：
「知道嗎？我們最遠的距離是——我仍單身，可是你結婚了……」
親愛的，再沒有比這個距離，更遙遠了。

有一種距離
適合如膠似漆
另一種距離
則適宜戀戀不忘

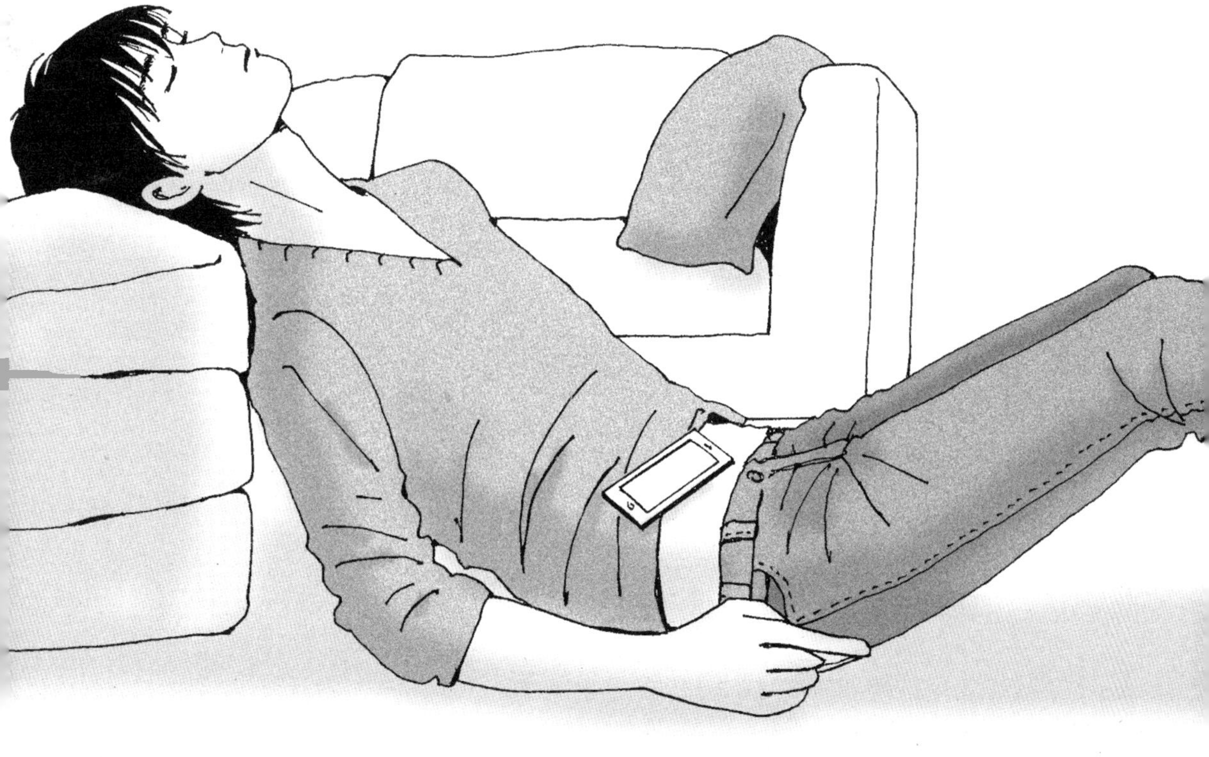

See you again

Chapter

06

再相見

隙縫會長出綠葉，
極地會開出花朵，
孕育出極品紅酒的
葡萄樹都在乾旱期，
誰說你我不會再相見？

之一：病房的舊戀人

分手二十四年的戀人再相見，竟在外科病房，誰都沒想過。

「接下來準備化療……」剛動過乳癌切除手術，愛琳口吻平靜敘述這些年哭著送走幾個癌症好友的哀傷，自己卻也成為癌症俱樂部的一員，上個月醫生說是乳癌三期，自己卻完全哭不出來，匆匆請假了、退掉台北租處，回老家高雄治療。威爾表情看似明朗，其實年初生了一場怪病，也因病情辭掉十多年在台北的工作，回彰化老家休養，趁這段期間好好陪伴正步入青春期的女兒。

哎，單身女子和已婚男人的這種對話，真有點尷尬，為了配合話題，我提起了自己三年前從北京搬回高雄，突然腰痛無法動彈，一檢查竟發現第四節、第五節椎間盤破了兩個洞，連整椎或以中醫治療都來不及，只能開刀。

三人即刻大笑：「我們這年紀，果然不再比學歷、比經歷，而是比病歷了。」

愛琳和威爾，是我認識超過四分之一世紀、不同時期的台北室友，他們當年因為我介紹而相識相戀，因為某些原因分手；今天又因為我意外牽線，時隔二十四年再相見。

分手後，來自愛琳的堅持——凡有威爾在場的聚會，她就不參加。威爾不理解原因、我們室友們更不明白。因此，室友們聚餐，總是有她就沒有他，有他就沒有她。記得他們分手時，並沒有惡言相向或翻臉成仇啊，只能說，每個人都有自己敏感的感情紅線，外人觸碰不到。

二十多年來，威爾和我的聯繫一直挺密切，我們的關係是好友也像兄妹，無論他在加州、我在台北；

他在廣州、我在上海；或他在台北、我在高雄，無論他再度戀愛、再度分手或結婚，基本上，我都沒缺席。

幾天前，威爾說有個客戶晚餐在高雄，我們午後約在巨蛋附近的咼离咖啡館敘舊，我才知道他這一年遇到怪病的襲擊，那是一種類似顏面中風的病癥，卻怎麼也檢查不出真正病因。離職後的休養與按摩，讓他逐漸復原，可是向來陽光開朗的威爾仍隱藏不住憂慮，怕再度復發，為了轉移情緒，我們聊起幾個前室友們的趣事，威爾突發奇想打電話給我們公認最有趣最好玩的室友莉莎。莉莎接了電話，威爾開了擴音。

威爾說：「是莉莎嗎？」

莉莎問：「哪一位？」

威爾：「我是長久仰慕暗戀妳的人啊……」

呵，威爾真不長進，老是這套問候用詞。

聰慧的莉莎果然擺出不屑的語氣：「哦，威爾啊！你沒別的台詞啊！」

威爾和我忍不住大笑，接著，聽到莉莎講起愛琳的事，我們吃了一驚，臉色開始黯淡。

莉莎說：「她剛動完手術，你們有空可以去看她。」

威爾問了醫院，迫切想立刻去看她，我猶豫地想起「有她就不能有他，有他就沒有她」的分割畫面，

真的不確定愛琳在這種狀態是否想見威爾。

我說：「我先打電話問她好嗎？」

威爾理解，而且晚上七點，他在三多路有客戶餐宴，不能不去。

傍晚，我打給愛琳，她以為我還在北京，沒想到我已搬回高雄，語氣開心爽朗，我趁機試探，我說我和威爾下午碰了面。

愛琳意外主動：「啊，他在高雄嗎？我現在好想見他喔。」

我驚訝愛琳的回答，同時鬆了一口氣，趕緊打電話聯繫明早要搭高鐵回彰化的威爾。威爾比預期更快速結束飯局，竟然八點半就開車到我家來接我，啊，這頓飯吃得有多匆促。

就這樣，分手二十四年的戀人再相見，竟然在病房，作夢都沒想過。

還在開玩笑「我們這年紀，不再比學歷、經歷，而是比病歷了」，病房中，愛琳突然對威爾說：「我覺得很歉疚，年輕時我太自以為是，和你分手也沒處理好……」

威爾還沒開口，我站起來笑說菸癮發作、藉機離開，因為這私人話題很尷尬，當然他們都知道我的意思——畢竟二十四年沒見的戀人，肯定有很多私密話，外人不應該在場，更能坦率。

那個特別的夜晚，夜涼如水、寒風襲人，開始變天了，雖然看過氣象預報，但沒預料到今天會有這樣的突發事件，我急著出門，忘了帶外套，凍得在醫院外面踱來踱去，計算著不能太早回病房，而剛開完刀的病人也不能太晚睡，同時忍不住想像他們都說了些什麼呢？會說什麼呢？

二十四年是兩輪耶，從來沒想過「再相見」會是這樣的場合。

他們的戀情，我是見證者。他們分手後，我陸續聽過雙方的版本。唯一肯定是，分手後，兩個人還是互相惦記，沒有厭惡感。

離開醫院前，愛琳以天真可愛的語氣說：「我好希望你們都不要走，都在我身邊，我們就這樣一直聊天、一直聊到天亮，我討厭天亮……天亮就要遇到醫生。」

威爾嘆了口氣說：「妳應該好好睡一覺。」

我說：「真的，好好睡，我會再來看妳喔。」

有一種奇妙的辛酸感，從腳底蔓延上來。

二十七年前，我曾經和住在隔壁房間熬夜唸書、準備出國的威爾和迪生，胡亂聊天聊到天亮；二十六年前，我曾經在深夜喝著酒、笑著聽著失眠的愛琳躺在客廳沙發講起自己各種精采情事。

某一夜，幾個室友們竊竊私語，莉莎說：「知道嗎？愛琳的高跟鞋有一隻在門外、一隻在門內，愛琳和威爾昨天好像去約會，喝醉了吧?!」大家竊竊私語的聲音都帶著笑意與期待，果然沒多久，一場浪漫的戀情誕生，這兩位竟然是從選舉開始吵起，因為支持的黨派不同，兩個吵著吵著熱戀起來。

那些畫面在我腦中仍歷歷在目。

我和威爾搭電梯下樓，在醫院門口遇到愛琳的母親，她感嘆自己身體也不太好，口氣卻溫和平穩，跟我們聊起來，女兒明早要全身麻醉、做人造血管，最後說：「謝謝你們來看她，她最近每天都在哭，一直說『我每天都很認真過生活，為什麼是我？』『為什麼是我？』『為什麼是我？』……」

我和威爾聽完，一路沉默地走到停車場，上了車，我沒問他和愛琳聊了些什麼，兩人盡說著一些無關緊要的話，直到他送我到住家大樓門口，我下了車，揮手說再見，我身體一抖，好冷，我真的穿太少了。

氣象預報說，這兩天寒流將至，真的，冷了。

之二：魂縈夢繫的男人

FB，可以找到失聯的同學、同事、朋友、戀人，我卻從來沒找到他，那個人簡直像消失匿跡了一般，直到某天在報紙上的一則新聞看到他。

會留意到這則新聞，是因為他的名字。他的姓氏與名字並不常見，並非趙錢孫李、張林吳陳，或志明、文雄、立宏這類菜市場姓名，他的名字有一種古典氣質。新聞內容是科技詐欺，他是被告，據說騙走上億元。新聞中有一幀生活照，照片中有兩個中年男子，一個是他，一個是因為財務不清和他反目的合夥人。

這張畫質不甚清晰的小照片，我看了很久又很久，確定是他無誤，畢竟是自己曾經魂縈夢繫多年的男人。

他老了，看得出依然削瘦，眼角下垂、眉毛變得稀疏、髮線也提高不少，過去濃密的黑髮變得單薄且夾雜了不少白髮，笑起來，依然充滿皺紋。衣著打扮倒是和年輕時一樣，深色襯衫、牛仔褲，腰間有個黑色小包。

自從他結婚後，我大哭了一場，兩人就斷了聯繫，後來聽說他有了可愛的兒子，長得簡直跟他同一個模子翻版，有大大的眼睛和深邃的雙眼皮，這都是二十多年前的事了，無論如何都難以置信我和他「再相見」的場景，是透過社會新聞的一張照片。

照片搭配著詐騙文字描繪，若不認識這個男人，肯定認為他像個沒血沒肉、充滿算計的奸商，特別是照片中那張堆滿皺紋的笑容。

初識他，我二十三歲，他三十一歲，他有過滿檔戀情，我卻只談過一次戀愛，菜鳥遇到老鳥，一方面認為自己很遜，卻又無限憧憬。

這是我唯一一次的辦公室戀情。

辦公室女同事們都喜歡他，或說不小心都被他迷惑了，他並不高大、也不是典型俊俏的帥哥，但五官端正、有一雙深邃的眼睛、有一副溫柔低沉的嗓音，還有一把吉他。每次加班，他會有意無意在角落彈起吉他，西班牙名曲〈愛的羅曼史〉（Romance De Amor）絕對是把妹最優良的工具。既有異國風情，又性感極了。對於二十歲出頭的女孩，心頭小鹿都在琴弦上顫動。

我，不是辦公室最美麗的女生，也不是學歷最好的，頂多小小特立獨行。高挑美麗的女生和學歷很優的女生，都有固定男友了，都仍不小心被迷惑。

還記得我決定離職前，高學歷女生特地單獨約我喝咖啡，高學歷女生突然說：「其實，我們都在猜測妳和他是不是在一起？」

「咦？」

「辦公室的女生都很喜歡他啊，難道妳不知道？」

「啊？」

「還記得有一次小美第二天到處問，誰跟誰怎麼不見了?!妳不覺得奇怪嗎？」

「誰跟誰啊？」我裝傻。

誰跟誰，就是我和他，在同事聚會後，我和他偷偷約定在巷口的便利商店碰面、然後去看電影，我們是故意分別離開的，沒想過同事們眼睛這麼銳利。

高學歷女生戳破了一半，卻也沒明講，顯然很有情緒。

她幽幽說：「他真的很迷人。」不久之後，她就按照計畫，在我離職半年後也辭職了，和大學未婚夫去美國念書。

那麼，我和他究竟怎麼開始的呢？台北和平東路 Roxy 1。一次同事聚餐後，去了這個酒吧。我喝醉了，啤酒也會醉，對，因為太年輕，也因為有他在場。他送我回家，我在租處走廊癱軟，想吐又吐不出來。

他突如其來問我：「妳喜歡我嗎？」

我醉了傻笑：「喜歡，很喜歡，很喜歡。」

然後，他吻了我。

第二天清醒，一想起這件事，害羞死了，覺得這是夢，心底噗通噗通，在公司走廊看到他，他喊我的名字，我卻假裝沒看見、低著頭匆匆跑到洗手間躲起來。

那時候，我真的挺傻、挺遲鈍，完全都不知道辦公室女生們的情緒變化和各種耳語。也是算是好事，不知道都是好事。

就這樣，我們「在一起」好多年，從辦公室同事到我換了一家又一家公司，不曾真正公開交往，又從未斷線，他浪漫又迷離的言語，像綻放的花朵般引誘著蜂蜜，一片芳香。

新鮮草莓就是要沾煉乳吃呀，這才是戀愛的滋味。

最美麗的杜鵑花，是四月的清晨哦，露水牽著陽光的手，閃閃發光。

復興南路有一家小店叫談話頭，老闆是個古怪又很有趣的人。

陽明山最棒的夜景，其實是開車行進中，燈火一閃一滅的樹林間。

電影《小畢的故事》有一幕在淡水拍攝，海水的鹹度最令人傷感。

基隆海港連綿的陰雨讓人憂傷，因為港口總是充滿別離氣氛。

妳是高雄人，聽過美麗島事件嗎？它發生在高雄。

也許有一天我會逃離台北，搬到高雄定居，因為那裡有最寬廣的馬路。

未來，應該是科技時代，我以為未來會是指控螢幕年代，所以我們要經常鍛練手指，不要讓關節退化了。

我是海綿，而他是供給者；他的話語和行為給了我幻美夢境，也說中不少真確的事，那是一九九〇年之前，尚未有網路的時代。

「知道嗎？女人和男人不一樣的，女人有最美麗的曲線，是從背部到臀部，一條線，這是世界上最優美的線條。」他輕撫著我的裸背，用食指畫出一條線。

他，從來不會壓低我的頭往跨間。從未。讓我不曾厭惡他。

每一次，他總有不同創意，對我而言，他是浪漫性愛的啟蒙老師。

某次寒冷的冬日，我們瑟縮在棉被裡，他提議我們要假裝彼此在山上露營，棉被是帳篷，然後他一手拉著棉被、一手抱住我：「熊要來了……」我竟噗嗤笑出聲，很蠢的遊戲，可是很可愛。

某次，陪著他在暗房洗照片，只有紅色的燈，他望著我，要我閉上眼睛，無論如何都不能睜開眼睛，我說好，他輕聲說：「一個人不管做什麼，眼睛所見和心靈間一定存在某種關係聯繫著……閉著眼睛看見內在，張開眼睛看外在的世界。妳看見我了嗎？」

我說：「沒看見。」眼角只有暗房的紅光，然後他湊過來吻了我，我一顫。「不能睜開眼睛喔。」「嗯。」那場吻，纏綿地、不停止地，從我的唇、頸子、胸口、腰間到大腿根部。他後來告訴我，這叫作「決定性的瞬間」，那是攝影大師布列松的理論，不知怎麼，懵懂的我，竟然感覺圖像真美。

我對他記憶最深刻的畫面，更多是夜遊陽明山，我們夜遊過無數次。

他喜歡把車子頂篷打開，我們一路上穿過風、穿過樹林、穿過星子，他會時不時對我微笑，溫暖的右手掌會包覆著我的左手，車上卡座總有些各國奇妙的音樂，偶爾，他會為放我鍾愛的羅大佑的歌曲，有一天他說：「他的音樂性變強了。」是《愛人同志》那張專輯。

曾經，他是這樣的人。

歷經相愛五年的未婚妻在結婚前夕提分手的不堪，另一個女人為他自殺，他從此抱著獨身主義。「不是不相信愛，愛很迷人也讓人痛楚，我很迷惘。」幽靜的長夜，他第一次對我袒露真心，「我怕傷害妳，但是，我又很想妳。」

手機還沒出生的年代，他想我的時候，一旦電話打不通，他會在我租住的公寓樓底大喊我的名字，一次又一次，大聲地喊我的名字，直到我開窗，看見他站立在那裡，抬頭笑著，笑臉上充滿線條，我就融化了。當時，剛搬到我隔壁房間拚命苦讀、準備出國的室友威爾和迪生大概見識過一兩次。

曾經，這樣的男人，如此令我千迴百轉、魂縈夢繫，我從不敢有嫁給他的念頭，也不確定自己的幸福時光將在何處停止，感情且戰且走，直到他突然決定結婚，我崩潰地在辦公室大哭。

時移事往，這一張社會詐欺案件的照片是幾年前的事，從網路追蹤案情，大約是合夥人內鬨，兩造說法同羅生門，新聞報導很少，無從判斷，更不確定男人之後變成什樣子的人了。人性，從來是一種怪異的事。

每當想起他，我就會忍不住搜尋網路，FB一直沒有他的蹤跡，或許他換了名字，或許他已經不在台北，甚至不在台灣，也說不定真的搬到高雄了，我們是否曾經擦身而過呢？一切無法得知。只有社會新聞那張模糊的小照片，提醒著自己那段幻美的記憶不斷地褪色中。

之三：再相見

世界上，沒什麼可能的事，也沒什麼不可能的事。

麗麗說，分手就該老死不往來；大壯說，是男人就不該吃回頭草；真真仍繼續搜尋網路想找到初戀男友，她說：「不是愛、也不是恨，就是想知道他現在過得好不好，他的存在，會讓我感覺自己過去的經歷是很寫實的，充滿存在感。」

嗯，愛，是很有求生欲念的。

隙縫會長出綠葉、極地會開出花朵，孕育出極品紅酒的葡萄樹都在乾旱期，所以呢，誰說你我不會再相見？

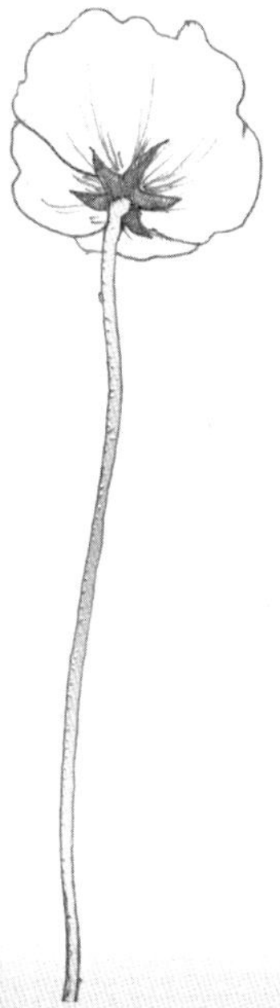

Riverfront Nights

Chapter 05

河隄之夜

曾經傷害過我的男人，
竟然有一天也會因為我而傷痛欲絕啊，
雖然一點喜悅感都沒有。

我說：「大概有一百年沒見了吧?!」

蠍子露出靦腆笑容：「有那麼誇張嗎？」

當然是故意誇張，至少有五年沒見了，確切時間忘了，倒是記得兩個人分手超過十二年了，十二年又三個月。

聽說蠍子在愛河邊開了一間酒吧，是某前任男友大木說的，這回到高雄出差特地過來捧場，位在河堤社區的酒吧不大，氣氛還不錯，有個長吧台，裡面另有六、七張桌子，有一面牆分門別類擺滿黑膠、CD，牆邊一個簡陋的小DJ台，一個年輕的男孩帶著耳機正在播放音樂，音樂類型是抒情的英倫搖滾。

高高瘦瘦的蠍子還是棒球T、破牛仔褲、一頭紅髮，四十歲出頭的人，打扮像二十幾歲的少年，左耳戴著銀色小耳環，那個耳環是他愛爾蘭前妻送的，他一直很珍惜。曾叨唸他難忘舊情，他說不是，還摘下來要我看清楚：「純銀手工呢，妳看設計和打磨多漂亮！台灣哪裡找得到？」他戴這耳環，超過十八年。

「妳怎麼來的？好找嗎？」蠍子問。

「搭捷運呀，然後散步過來，這一帶看起來好舒服哦。」

「沒有美術館那邊房價那麼高，也算高級地帶。」

「高雄不是有更高級的什麼亞洲新灣區，遠眺海洋，據說都賣兩百坪以上的豪宅？」

「別取笑我了，我跟豪宅無緣呀，妳又不是不知道……吃過飯了嗎？」

「都九點半了，當然吃過了。」

「去哪裡吃？該不會是瑞豐夜市？」

「不是，去美麗島附近吃了炸牛排，很好吃。」

「逸之牛？那家很有名，我比較喜歡炙煎牛排丼飯，排隊排很久嗎？」

「我有預約，所以還好。」

「台北不是也有炸牛排，幹嘛特地到高雄吃？」

「高雄客戶介紹的，一直說很好吃，試試看嘛。」

「還有一家在高雄港附近，萩椛，價位高了一點，也不錯吃。」

「我明天想吃大宅門干鍋鴨頭。」

「大宅門？台北不是也有分店？」

「吃了分店，就想吃總店嘛，還是你要介紹好吃的？我可不要吃海產攤喔。」

「好吃看個人口味，但河堤附近有幾家滿有趣的店。」

「怎樣有趣的店？」

蠍子帶我走出酒吧，我們沿著愛河邊的單車道走了幾分鐘，他指給我看，一個中國式屋頂、古色古香的厚重大木門，旁邊玻璃窗裡還擺著古代人銅像或石像的房子。

我問：「這是博物館嗎？」

「是創意法國料理店。」蠍子笑出聲。

「不會吧?!法國菜搞這種中國式建築?!」

我驚訝地又看了幾眼。

「它的店名也很好玩，叫作：品三國之草船借箭，無菜單料理，但每一道菜都有三國典故，每一盤菜擺盤美得像藝術品。再走過去有一家叫木牛流馬，是喝下午茶的地方，就像小型美術館，兩家是姐妹店，都怪怪的，可是挺好玩，來高雄如果不吃當地小吃，可以去逛一逛這一種怪店，台北沒有的。」

「南部奇怪的店真多，不是有一個整棟像透明玻璃屋的法式下午茶，照片看起來非常優雅華麗，簡直可以拍MV，在哪裡？」

「妳說沙丘南特啊，現在改名叫梅森維拉，還是一樣是玻璃屋，也在愛河邊，離這裡有點距離。高雄這種貴婦喜歡的花園咖啡館很多呀，美術館的Q Garden美輪美奐，就像藝術館花園，不過真正的花藝餐廳是清邁來的WOO Café，這是它第一家海外旗艦

店。」

「你怎麼會知道這種花花草草的地方？該不會認識了很多高雄貴婦？」我忍不住揶揄。

「如果是就好了，搞不好可以少奮鬥幾年……」蠍子苦笑，和我慢慢走回酒吧：「是賣咖啡豆的業務帶我去的，我們雖然是酒吧，偶爾還是會有客人點咖啡，總得進一點豆子。」

「你搬回高雄多久？」

「快三年了。」

「怎麼會想開酒吧？你又不像做老闆的料。」

「說來話長……我本來只是每週六來放音樂，結果老闆一直沒付我薪水，最後他說要關店，叫我把音響搬走抵薪資，幾個朋友說乾脆頂下來重新裝潢，就這樣，大家湊一點錢，反正我在高雄也不知道要做什麼……」

「生意還不錯吧?!」我看了一下酒吧裡喧喧嚷嚷的人潮，客人約八成滿。

「不算好，只有禮拜五、禮拜六人多一點，平常不到十一點，人都走光了，高雄和台北消費習慣很不一樣，高雄多數咖啡館都只開到下午五點就打烊，剛搬回來，我真的嚇到，怎會有咖啡館只開到下午五點，這就是高雄，這些咖啡館主要是賣早午餐，我還在考慮要不要賣餐，從中午開始。」

「賣餐？你又不懂做菜，那得要找廚師？很麻煩呢。」

「所以很頭痛，可是高雄的咖啡館或酒吧就一定要賣餐，否則很難回本……」

蠍子的表情看起來有點落寞，我無力協助，決定轉移話題。

「媽媽還好嗎？」

「好多了，每天復健，推著助行器可以慢慢走了，只是外傭不是很牢靠，我姐有時候會來幫忙看看，只是她住在鳳山有點遠，又有小孩要照顧，不太好意思啦。」

「媽媽一定會慢慢復原的。」我安慰他，本想接著說：「媽媽好了，你就可以回台北。」想了一下，沒說出口。

去年輾轉聽友人說蠍子搬回高雄，兩個月前在台北永康街卡瓦利咖啡館遇到大木，大木說他去高雄演出時，去了蠍子的店，才真正證實，我嚇了一跳。大木是個貝斯手，以前和蠍子同一樂團，後來離開加入另一個樂團。

我所認識的蠍子，一個曾經說不會搬回高雄的男人、一個很習慣台北夜生活的男人、一個老是嚮往英倫搖滾的男人……倘若他說搬到英國或愛爾蘭，我一點都不會驚奇，他連前妻都是愛爾蘭人、穿的內褲還是英國品牌，這樣的人竟然賣掉台北老公寓，搬回高雄定居，太不可思議，而且他的事業才剛有起色，組了五年的樂團自費出版了一張三首歌曲的

EP，在幾個 Live House 演出，雖不算知名，至少擁有一些死忠粉絲，應該趁勝追擊，搬回高雄未免太突然。

後來才知道，單親家庭長大的他，母親意外車禍受傷，唯一的姐姐早早就嫁了人，姐姐家裡還有三個十歲到十五歲的孩子需要照養，蠍子痛苦了一段時間，考慮許久，終於決定賣掉還有貸款的老公寓回高雄。

「妳呢？現在有新男朋友嗎？」

蠍子顯然不想談自己的家務事，從那個話題轉到這個話題，我忍不住笑了。

「幹嘛問這個？」

「就……關心一下啊。」

「你問大木啊，你們不是朋友嗎？」

「難道妳跟大木復合了？這小子竟然騙我他交了新男友。」蠍子提高音量。

我噗嗤大笑：「大木真沒騙你，他是交了新男友，他這幾年的對象都是男的，我看他大概回不了頭，不會再有女朋友了。」

「那妳呢？」蠍子吶吶地又問。
「老問我，那你呢？你的小女朋友呢？」
「不要說小女朋友，她也快三十歲了。」
我和蠍子同年紀，上一回碰面時，忘了是五年前或六年前，蠍子送了他剛出版的EP給我，說他有了對象，一個小八歲的女友。
「好吧，那你那個快三十歲的女朋友呢？」
「前天回台北，說有個案子要談。」
「她也跟你搬到高雄了嗎？」
蠍子點點頭：「她去年搬來的，不過工作不是很順遂，人脈也不多，大半還是接台北的案子。」
他的小女友文筆還不錯，以前是雜誌社編輯。
「嗯，我最近有個案子需要人手寫稿，搞不好可以找她幫忙。」
「好呀好呀，我跟她講。」
「是我的案子，她願意接嗎？她不是一直很介意你和我一直有聯絡?!」
「可是，妳不是和前男友們都有聯絡？」
「是呀，可是我那些前男友們並不像你，有一個女朋友會介意這種事呀。」
「別這樣說嘛……妳現在有男朋友嗎？」
「有，也不告訴你。」我抿嘴，故意逗他。
「那就是沒有。」
「哇～你好瞭解我喔。」我誇大語氣。
「我並沒有很瞭解……如果有男朋友，妳一定會誠實說的，不是嗎？」

「對呀，我每次說，你都不高興。」

「我哪有？」

「明明有，一直問來問去，比較來比較去，都不知道當初是誰拋棄誰。」

「好啦好啦，不要再說拋棄的事，我以前就說過對不起了，妳要我說幾次，我一直很愧疚啊……」

蠍子的話還沒講完，突然停頓，望向門口用力揮了揮手，我轉頭，遠處一個穿著西裝外套、平頭、五十多歲的中年男人笑著走過來。

「趙哥，好久不見……」蠍子正招呼著，趙哥握握蠍子的手，張開手臂抱了抱我：「阿妮塔，不好意思，我遲到了。」

蠍子愣了一下：「原來你們認識啊……」

「認識好幾年啦！」趙哥親熱地摟住我的肩：「這是我最親愛的妹妹，到高雄怎能不招待呢?!」

「老趙，上次見面是三年前吧？」我笑著推開他的手：「今天是第三次碰面，沒想到我打了電話，你就好阿沙力……」我故意解釋給蠍子聽。

趙哥笑吟吟：「別說三次，我們可是一見如故，妳就像我親妹子一樣，妹妹越來越有女人味了呢……」

「哎喲，趙哥嘴巴越來越甜了，對了，大寶和妞妞怎沒來？」

大寶是趙哥特助，妞妞是她公司企畫，趙哥的公司專門搞活動，無論是小型演唱會或策展都做，多數接政府小案子，也接民間工作。我和趙哥是因為一個關懷土地活動認識的。

趙哥笑著：「太臨時了，大寶還在加班，妞妞這兩天去沖繩玩了……對了，蠍子，我們坐哪？」蠍子愣愣地指著酒吧內一張空桌子，趙哥看兩眼，晃到門口外面、靠河床的戶外桌子，大聲說：「裡面太悶，就坐這裡吧？要喝點什麼？先來瓶香檳或紅酒？阿妮塔想吃什麼？我說蠍子，喝酒總要配菜，你幫我叫一點外賣送過來。」

見趙哥熟門熟路的主動性，蠍子反而像路人一樣被動，或者仍有點驚嚇我和趙哥竟然認識，半晌才驚醒。

「趙哥，要什麼香檳？我們最近進了幾支智利和澳洲的紅酒，聽說評價不錯。」

趙哥笑著：「真的嗎？我去看看。」

蠍子說：「我帶你過去……」

趙哥揮一揮手逕自走向店裡：「不用了，我和李歐很熟，我去問問他。」

李歐是店裡的店長，在DJ台放音樂的年輕男生。

河邊樹影婆娑，涼風徐徐吹送，蠍子一臉古怪神情、欲言又止，我正疑惑，蠍子還是開口了。

「阿妮塔，妳和他上過床了嗎？」

「誰？」

「趙哥。」

「你是認真的嗎？」

「趙哥看起來就對妳有意思啊。」

「趙哥對誰都是這樣的。」

「不一樣，我見過趙哥帶過一些女生來，感覺不一樣。」

「你太敏感了，再說，就算上了床又怎樣？」我生氣了。

「所以上過了……我就知道。」蠍子嘆一口氣。

「你有病啊?!我剛剛不是說過我和趙哥才見過兩次面，今天第三次。」

「所以之前沒上過床，今天晚上會上床吧?!」
「你以為我跟誰都可以上床嗎？」
「不是啦，可是看你們關係感覺很好的樣子……」
「那又怎樣?!」
「妳，嗯，今天晚上會跟他上床嗎？」
「不會。」
「真的嗎？」
「夏立宗！」我真的火了，喊出蠍子的本名，大聲地：「你是怎樣?!如果不歡迎我，我就走。」
「我怎麼可能……我是想問，那，妳今晚願意到我家嗎？」
「……」

正當我發愣，蠍子身體傾斜過來，把唇貼在我的唇上，我幾乎措手不及，蠍子已經緊緊摟住我，深深地吻起我，他的氣味、他的溫度、他接吻的方式，十二年前和他在一起的時光彷如縮時攝影，快速轉動，那些甜美和憂傷的片段一起浮現，感覺極其詭異又極其茫然。

推開蠍子之後，我才發現臉頰燙了起來。
「你不怕員工看到？跟你女朋友告狀？」
「今天晚上妳會來我家嗎？」蠍子仍執著地這一句。
「不知道，不要問我……」我慌亂起來。
「妳不要跟他回家。」蠍子認真說。
「我不會……」我都不知道自己在說什麼。

此刻，趙哥的聲音老遠爽朗傳來，見他左手抱著冰凍酒桶，右手提著三支香檳杯。

「選來選去，還是香檳王吧，蠍子，你也跟我們喝一杯，咱們也兩個多月沒見，不好意思，我最近老出差，不在高雄。」趙哥把酒桶放在桌面上，幫三支透明杯子緩緩地注入金黃色酒液。

「Cheers！」趙哥大喊，酒杯清脆地碰撞著，大家都乾了。

本來應該喝了一口或兩口就算Cheers，在趙哥監督下：「你沒喝乾喔，杯底毋通飼金魚……」

我不確定自己和蠍子喝了多少杯，從香檳到白酒到紅酒，桌上的食物從鹽酥雞、炸薯條、關東煮到烤黑輪，在一堆言不及義的話語中，播放的音樂從史密斯（The Smiths）、綠洲（Oasis）、果漿（Pulp）、超級幼苗（Supergrass）、沉睡者（Sleeper）、布勒（Blur）、橡皮筋（Elastica）到酷玩樂團（Coldplay）。客人門一桌又一桌離開，只剩下我們三個人，幾個員工正在打掃，我有點搖搖晃晃，蠍子也滿臉通

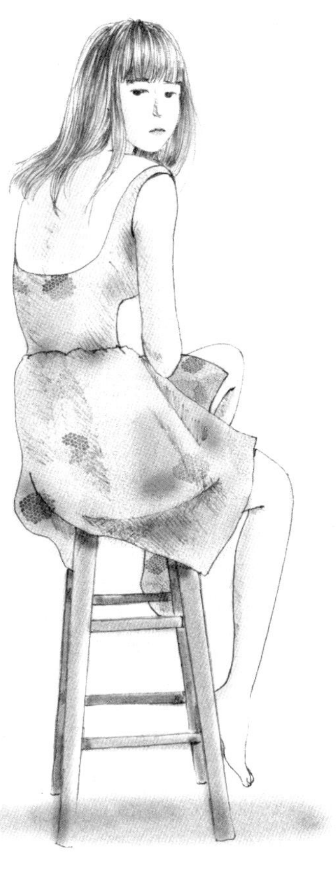

紅。趙哥，應該也喝多了，酒杯都拿不好，卻使勁摟著我的腰，我想避開，避得跌跌撞撞。

趙哥說：「我送妳回去酒店……」

我說：「不用啦，我可以自己叫車走。」

趙哥說：「那，妳送我回家，我喝醉了……」

我說：「我不知道你家呀。」

趙哥大聲嚷嚷：「所以，妳要送我回家嘛！」

蠍子本來癱軟在桌面上，抬起頭，看了我一眼。

我假裝沒看見，因為好累，也醉得七七八八。

蠍子站起來，靠近我們，對我說：「阿妮塔，妳剛剛不是說要跟我借 X Japen 那張現場專輯？」

「咦，X Japen，好想聽喔，那我們先把趙哥送回家。」我說。事實上，我今晚並沒有和蠍子說過要借這張 CD，應該是蠍子臨時想出來的拙劣藉口吧。

霎那間，蠍子那句話「今晚妳會來我家嗎？」在腦海浮現，他說的是真的嗎？若是真的，我真有點想，那個熟悉的吻打動了我。

而且，我不熟趙哥，儘管對趙哥沒有惡感，但我搞不清楚這是怎麼一回事。我很累，醉了。今晚睡誰家都可以，睡蠍子家最好，畢竟過去曾經深愛過，再好再壞，我和他至少曾經在一起過。

沒想到趙哥突然清醒，用力摟住我：「好呀，我和妳一起去。X Japen，哪一張專輯?!」

三個搖搖晃晃的人，走到馬路，不知道該做什麼決定，李歐突然跑來大喊蠍子，笑著：「大嫂電話！」

蠍子遲疑一下，望著我，又看著李歐，又回望我，身體搖晃了一下，他轉身走回酒吧。

我和趙哥上了計程車，趙哥醉臥在我腿上。

當車門重重關上，這一秒鐘，我竟感覺這扇門用力地關上了我和蠍子愛恨糾葛的世界，重重地，連一絲光線都沒有。

趙哥在腿上睡得很熟，緩緩打起呼。

電台突然播起李宗盛和林憶蓮當年知名歌曲：「往事不要再提，人生已多風雨；縱然記憶抹不去，愛與恨都還在心裡；真的要斷了過去，讓明天好好繼續；你就不要再苦苦，追問我的消息……」

哎呀，好傷感，為何你不懂，有愛就有痛。

送了趙哥回家，他已爛醉如泥，他家的地址是打電話問大寶的，還得拜託管理員大叔幫忙扶，從外套口袋找出鑰匙，一把又一把試著打開門鎖，穿過客廳，搬到床上，見趙哥發出鼾聲，我和管理員連鞋都懶得幫他脫鞋就離開，然後，我搭上原來的計程車，一路昏迷回到自己住的酒店，也多給司機一百元謝謝他的等候。

在浴缸放滿洗澡水，不知道自己躺了多久，直到被冷水凍醒、聽見手機鈴聲尖銳響起，裹上大毛巾，鑽進被窩，手機那頭出現謾罵的男人聲音，誰呀？咦，是蠍子，怎麼會是蠍子呢？我得罪了他嗎？

蠍子像地盤被霸占的一條陌生的狗，大聲狂吠著，怒放與哀嚎的聲音充滿沮喪感，多數的話語，我都聽不太清楚，最後只聽見蠍子的哭聲，他哽咽地：「我等了妳一整夜，打電話妳都不接，我真的好生氣，妳不是答應今晚來我家嗎？我以為妳送完趙哥會回來，我在店裡等了三個小時，天都亮了……」

這一刻的蠍子真的好傷心、好脆弱，我從沒見過他這樣子，但是好熟悉，太熟悉了，這種憤恨沮喪哀傷痛楚，十二年前，我曾經深刻經歷過。

不過到巴黎出差一週，蠍子答應送機，公司派的車預計早上六點來接我，可是一整個夜晚，我就是找不到蠍子，他出車禍了嗎？還是在酒吧遇到心儀女人走了？他究竟發生了什麼事？整晚，我都沒睡，蠍子也沒回家，直到我提著行李上了車、到了機場，打的任何一通電話，都是「您撥打的電話收不到訊號。」那一天，究竟聽過多少遍？不記得了。

許多年後一聽到前六個字「您撥打的電話」，內心都還有傷痛症候群，因為那趟從台北飛往巴黎十三個小時的飛機上，裹著毛毯，我腦中一直重複著電話打不通的語音，每一通語音都像一只水蛭，密密麻麻爬滿我的冰涼的背脊。

沒・想・到・螂・子・也・有・這・樣・一・天。

應該覺得痛快的，親痛仇快，不是嗎？並沒有，我只感覺眼睛乾澀。

天亮了，酒店大窗外，西子灣的日光刺眼地映照在海平面，鑽石般閃爍，就像我逝去的戀情，愛過痛過悲憐過傷心過緬懷過，都是一眨眼，一眨眼亮、一眨眼暗，海浪高高湧起又深深低潛。

啊，至少，曾經傷害過我的男人竟然有一天也會因為我而傷痛欲絕啊，雖然一點喜悅感都沒有。

玩味
高雄

Gourment Kaohsiung

新興

逸之牛日式炸牛排專門店｜高雄市新興區南台路 66 號｜ 07-285-3221

苓雅

萩椛牛かつ專門店｜高雄市苓雅區青年二路 191 號｜ 07-269-3160

左營

大宅門干鍋鴨頭｜高雄市左營區自由二路 338 號｜ 07-556-4078

三民

品三國之草船借箭｜高雄市三民區河堤路 292 號｜ 07-345-2453

木牛流馬｜高雄市三民區明哲路 29 號｜ 07-350-4536

鼓山

梅森維拉 Maison De Verre ｜高雄市鼓山區博愛一路 433 巷 20 號｜ 07-550-0569

Q Garden ｜高雄市鼓山區青海路 111 號｜ 07-550-5628

WOO Café ｜高雄市鼓山區青海路 298 號｜ 07-559-7998

Accomplice

Chapter

08

幫兇

說不定，我真的深愛著他，
只是理智抑制我這麼思考；
也說不定他將永遠只歸某個女人所有，
因為不捨，我幻美了和他的情愫。

光天化日的雨日午後在新崛江被搶走包包的時候，真的吃了一驚，根本來不及大喊，騎機車的男子已經在街角消逝。

「是什麼樣的機車？」

「黑色的。」

「什麼廠牌？」

「不知道。」

「有看到車牌嗎？」

「沒看到。」

派出所的警員一臉無奈的表情，甚至認為填寫報案單浪費時間，因為根本無從追蹤，頂多調閱監視器。可是這種案件，搶犯都戴全罩式安全帽，機車可能是贓車，是少年男生或中年男人都難以確認。若是慣犯，累積相似搶案，或許還有追查鬥志、展現業績，但那段時間新崛江並無這類型連續搶案。特別是，包包既不是名牌包，裡面也無貴重物品，除了公寓鑰匙，皮夾頂多只有兩三千元台幣，甚至沒有身分證、健保卡，只有一張匯豐信用卡、一張好市多會員卡和一張文雄眼鏡會員卡。

「為什麼妳的皮夾沒有身分證和健保卡？」警察不知怎麼好奇起來。

「不需要用的卡片，我都沒帶。」我說。

「一般人都會帶身分證的，萬一遇到意外有健保卡會比較方便……」

「我只是出門看電影，並不會用到。」

「……好吧，那麼包包還有什麼？」

「有一本詩集。」

「詩集？」

「夏宇的《備忘錄》，第一版。」

「什麼？下雨天？《備忘錄》？」

「不是啦，那本詩集叫作《備忘錄》，作者叫作夏宇。第一版，很難買到了。」

「……還有呢？」

「還有一副太陽眼鏡。」

「很貴嗎？」

「兩千元左右。」

「下雨天為什麼要帶太陽眼鏡？」

「本來就放在包包裡的……」

唔，我開始覺得警察很無厘頭，可能根本不想處理吧，我努力勉強自己振作精神，雖知道這種搶案，大概會無疾而終，因為對一般人來說，損失太低，可是突然被搶走包包這種事，不是應該先報案嗎？我只是做了一般市民該做的事，怎麼突然有種被污辱的感受，不舒服。

離開派出所，已近黃昏，街燈都亮了起來，暑夏毛毛細雨仍悶頭下著，下在冒汗的背頸，雨汗淋漓，街頭猶如蒸籠般瀰漫熱氣……那是七年前的事了。

會突然想起這件塵封多年的往事，是坐在英迪格酒店頂樓酒吧 Pier No.1 的吸菸區，樓底正好是新崛江商圈。

新崛江在一九八〇、九〇年代曾是高雄最夯的商圈，就在老牌子的大統百貨旁，有電影院、夜市和許多販賣舶來品的時髦小店，直到一九九五年大統百貨燒毀了，廢棄了十多年，連帶整個繁華商圈逐漸沒落，直至二〇一〇年重新開張，才開始有起色。

這家新酒店是二〇一七年正式營業，頂樓的露天沙發酒吧 Pier No.1，視野遼闊，可眺望城市夜景，遠方燈火滿格的高樓是八五大樓，一旁七彩霓虹螢幕變換不斷的則是大立精品百貨，酒店對面就是中央公園和捷運站，地理位置良好，頂樓露天沙發酒吧在高雄並不多見，因此一開幕就成為新寵，經常不到八點就一位難求。

今晚運氣挺好，人並不多。可能因

為傍晚下了一場大雨，畢竟是露天的，加上並非週末假期。雨後徐涼，抽一根菸，許多往事浮上心頭。

會想起七年前包包被搶這件事，並非和地緣有關而已，和今晚遲到的女人，也有所關聯。

遲到的女人叫麗艷，名字像大姐頭，本人卻是偏執小女人。老實說，我倆不是同路人，也說不上交情，只因為我是程銘最好的女性朋友，而程銘是她老公。

程銘相貌一般，卻擁有模特兒高挑結實體型，穿著打扮極有品味，也很捨得花錢投資外型，他每年上健身房的次數是我的幾倍、古龍水比我的香水還多，加上一張嘴特別能說，女人緣自然好，投懷送抱的女性屢見不鮮。麗艷在婚前婚後，幾乎耗盡全身力氣來防衛程銘和女人們關係的各種可能性。

有用嗎？很難吧，程銘不是一個會對女人忠貞的男人，他欣賞女人，就像喜歡品味各國菜色，他的前女友，我沒見過八個，至少有五個，各種年齡層，擁有各式風韻。

他會和麗艷定下來，曾經跌破我的眼鏡，麗艷這樣保守型的小家碧玉，向來不是他的菜，程銘是很怕惹麻煩的男人，即使花心，選擇女人一直很有個人規範，凡處女、乖乖牌、涉世未深的女人，避之唯恐不及。

後來，才發現讓程銘定下來心的東西叫作事業。程銘原本是台北某個法國創意料理小餐廳的廚師，某年因緣際會被聘請到杜拜五星飯店當主廚，認識了麗艷一家人，然後發現岳父在兩岸擁有幾家五星大飯店，即刻麻雀變鳳凰，從岳父在上海重金打造的法國餐廳擔任主廚之後，一躍成了媒體口中的型男名廚，甚至還出了兩三本華麗的美食書。

程銘真的成名了。

對於程銘的花心和追求事業的企圖心，我不置可否，特別是一個台南出生、私立大學畢業、毫無背景的小孩，能有這番成就，絕對有鐵打的鬥志。見識過一些努力爬上頂端的人，他們都具備某種冷血和強悍意志力，程銘也不例外，他有一套奇特的感情危機處理模式，與其說高明，也可以說是無賴。

每當他出軌又無法掌控情勢時，他很少像一般人採取誓死不認的招術，他愛說「女人的第六感不可小覷」，乾脆主動攤牌，直接將小三以「女性朋友」的姿態介紹給正式女友，他相信女人們就會卸戒心房，作出選擇。

我說：「你太低估女人的戰鬥力了吧?!」

他說：「並沒有，正因為女人第六感靈驗得可怕，我不能讓她們在心底累積憤怒與嫉妒的能量，惟有攻其不備，我才能置之險處之外。」

我說：「不怕女人聯手抗敵？」

他大笑：「她們這類聰明獨立的女人不會做那種浪費時間的事，頂多一起退出。」

「不心疼嗎？兩頭落空？」

「妳應該最了解女人啊，有競爭壓力時，女人最習慣私下摩拳擦掌，反而對我更好，就算一時逞強說分手，總有一個還是會回頭。」

「好狡猾的男人！」

「妳啊，不正是喜歡我的狡猾嗎？」他揶揄地笑著。

是的，正因為我也是個怕麻煩的女人，曾遇過幾個歇斯底里、吹毛求疵的男友，以真愛為名的失序行為，他們屢次毀了我的生活與工作，已讓我深獲教訓，開始懼怕情愛關係中不理性的嫉妒與占有慾，即使少女時代我曾經很享受這種瘋狂的被愛與被在乎，越年長越覺寸步驚險。反而，狡猾的男人會優先保護自己的城堡，便不輕易產生莽撞行動，這使我更能肆意享受彼此的關係、嘗試性愛的歡餘空間，程銘無疑是最契合的對象。只是我和程銘又極度不同，我既不是一株可以獨守空閨的金線菊，也沒有劈腿功力，一有男友，程銘就只能在朋友位置納涼；再度單身，程銘才會被擺放在炮友座位。

當然，我也演過幾場幫兇戲碼，程銘的感情事故並非每次都能那麼順遂，有的女友和小三爭鬥得很厲害時，我就是救火員，必須假裝成寬容理性的「原配女友」，兩個女人在驚愕之時立刻降格為小三和小四，再怎麼樣和原配相爭，多少有些良心不安。說來奇怪，我演不好自己的愛情故事，在別人的劇情裡，這種戲我卻特別有天分，打退堂鼓的小三、小四都沒給程銘惹出什麼大事，有的小三小四甚至很喜歡我，遇上新的愛情困擾會把我當成張老師，而我得到的獎勵是幾頓免費的昂貴法式餐酒。

一直到程銘結了婚，擁有名正言順的原配，我以為我該從幫兇座位退休了，沒想到我收到了另一份劇本。就像程銘說的：「正因為女人第六感靈驗得可怕。」這次，我竟然要扮演小三。

那是去年夏末的事，我還住在上海，做著有一搭沒一搭的公關工作，年底因為前老闆到高雄做起飯店經理，力邀我加入團隊，我也受夠了魔都高消費的生活壓力和不斷漲價的房租，決定搬回老家。

一晚在永嘉路的 Barber Shop 小酒館，當程銘問我要不要見麗艷，我懷疑他的腦袋是不是壞了，結婚可不是戀愛，合則聚、不合則散，婚姻是有契約的，他的事業可能毀為一旦。我正憂慮著麗艷發現我和程銘的關係，沒想到事故人選是毛毛，我啞然失笑。

毛毛是我二十四歲同期出道的模特兒，我們身高體型差不多，但她五官精緻、腿線比我漂亮，是一個又善良又脆弱得一塌糊塗的嘉義女孩，本來有大好前途，卻交了一個毒蟲男友，男友入獄後，她跟著上了報，自此一蹶不振。去年四月，程銘在上海浦東車展和擔任車展女郎的毛毛偶遇，程銘認識一些台北和北京媒體圈的朋友，心想幫她一把，兩人聊著聊著聊上了床，親密了兩個月，麗艷發現有異，執意一定要見第三者，毛毛的性格演不來這角色，肯定崩潰、什麼都坦白，極可能刺激麗艷，導致不可收拾。程銘想來想去，認為我是最適合的飾演人選。

「怎麼會是毛毛？你近年換口味了？更年期到了嗎？」我說。

「說不定。」程銘沒有反駁，也沒有表情。

我正經起來：「妳老婆如果請徵信社拍到照片了呢？」

「她不是這種人，我知道若不解決，她會繼續猜疑我所有的女性朋友……」

「她是你合法老婆，不像你以前那些女朋友，難道你不怕……」

「……這是我唯一想到的方法。」

「唉，一定得是我嗎？」

「我只信任妳。」

我和程銘喝盡兩杯威士忌，陷入僵局，我說再考慮。

一回到家，毛毛就打了微信電話，一把眼淚一把鼻涕，說她走投無路，好不容易因為程銘牽線，台北有家經紀公司願意和她簽約。她發誓她沒吸毒，不但和前男友分了，也和程銘協議分手，最煽情的是，毛毛要我看在她女兒份上幫助她，我從沒聽說她有女兒。毛毛傳來一張照片，一個五歲左右、明眸大眼的小女生，基因真無法騙人，和毛毛一個模子。

「我尊重妳的決定。」隔天我走在梧桐黃葉紛飛的烏魯木齊路，正嗑著一個熱騰騰的茴香牛肉包子準備去開會，接到程銘電話，從未見過他這麼著急。他表示我若同意這個劇本，劇情是可以彈性承認互相萌發情意，只是要避開討論性關係。

這劇本，究竟是純愛電影？還是八點檔芭樂劇？我又亂了。

我清楚程銘在愛情裡的冷血，也懂得他習慣吃軟不吃硬，他這輩子除了他老媽以外，究竟有沒有真正愛過一個女人？我無從判斷，他最愛的人應該是自己，但是他對朋友在金錢或生活的協助卻絕不手軟，使他建立良好人派，他常說「錢可以解決的事都是小事」，這大概也是他能和每個女人好聚好散的原因。

如同七年前，我因為一個無理取鬧的人渣和經紀公司解約返回高雄老家，第三天就在新崛江被搶了皮包，程銘立刻匯了十萬元給我，雖然我只損失三千元，程銘說：「留著吧，妳回高雄要找房子找工作，總需要錢，和父母住多不方便啊。」我說：「謝

謝。」他又補了一句讓我清醒的話：「再說嘛，我去找妳也不方便，嘻嘻。」

過了兩個月，我安頓好，程銘來高雄找我，帶了一本二手的夏宇詩集《備忘錄》給我，藍色表皮雖然有點破損，內頁倒是乾乾淨淨。

程銘總是這樣，他可以幾年不管妳生死，突如其來的補給，就是關鍵字，當感動的眼淚還沒流到下巴，他瞬間把自己和人的距離抽得老遠，像電梯裡的生人微笑頷首。

我想，他是在乎麗艷的吧，畢竟是妻子，是他事業重要的樑柱；他唯一能誠實流露出真情意的是做菜，看他做菜是一種視覺的美好享受，刀工細膩、煎炒煮炸的動作如行雲流水，做法式料理比中式料理更能顯現他落落大方的優雅姿態。即使是他不擅長的台灣小吃，他還是動作漂亮為我做出一份我戀戀不忘的清蒸蝦仁肉圓，在我蝸居的上海公寓，那時我剛搬到上海三個月。

麗艷約我在外灘茂悅大酒店三十二樓的 VUE Bar 靠窗沙發座，一個可完整眺望黃浦江美麗夜景的最好位置，完全展現出正宮力道，沙發座低消據說是一千五百元人民幣，我也不是什麼土包子姑娘，立刻揀出衣櫃最名貴又最低調的衣服，對，低調是重要的，才顯氣勢。

麗艷提早到了，這是我初次見到她。

她眼光既溫柔又銳利，樣子比想像中樸實，不美艷但秀秀氣氣，身上是一套當季香奈兒優雅套裝和同色高跟鞋，梳理得很整齊的過肩捲髮，戴著粉色珍珠耳環和珍珠項鍊，如同報紙上政治家的老婆一款，我自認低調的服裝和她相比，還是彰顯了點。

問候過後，她客氣又溫婉地提了程銘與她的相戀過程，包括在峇里島結婚的細節，一直稱讚程銘的細心安排和對好朋友的熱心熱情，有炫耀的成分，又完全不提疑惑，就像把我當成程銘最要好的女性朋友對待，甚至拿出一袋見面禮，是兩罐高雄橋頭的黃金鵝油酥、三盒旗山香蕉蛋捲。

不，這女人絕對沒那麼單純，禮物全是高雄特產……當然，也可能是程銘的提示，我微笑收下，心中卻忐忑地不安，這場景和昔日截然不同。

那夜，我們什麼敏感話題都沒說，麗艷還幫我叫了車，送我回吳興路小窩。

隔天睡醒，我打電話告訴程銘，他捉摸不定麗艷的心思，開起玩笑：「搞不好她喜上妳了，我以前女友不是常常都喜歡妳比我還多？」程銘要我別緊張，仍提醒我謹慎，三天後，他們會回台北。

陽光透過玻璃窗、亮晃晃地在週末中午喚醒我，咪咪跑到我身邊亂竄，爬上矮桌舔著香蕉蛋捲盒理的碎片，隨牠吧，秋天我要搬回台灣了，一個好友願意收留牠，雖很不捨，可是一搬回台灣又得找房子，不確定自己狀態，還要花時間檢疫通關，我暫時沒力氣。

這時，手機響起，麗艷約我在租處附近的徐家匯公園的衡悅軒，啊，他們不是要回台北了？戲還要繼續演嗎？

綠蔭交織掩映、著秋黃色澤、環境優雅的戶外座位，我們點了西杏炸蝦捲、飄香榴槤酥、魚翅鳳眼餃、清酒鵝肝和兩盅菊花茶，天陰陰的，風很涼。

麗艷不怎麼動刀叉，我卻餓了。無事不登三寶殿，她必然有話要說，我決定先吃個飽，衡悅軒是少數令我讚賞的粵式餐館，點心尤其做得精緻。沒料到麗艷的要求是去參觀我的小窩，我猶豫半晌，還是同意了。

那是一個約十四坪長型開間（套房），一衛一廚和一個露台打通的小書房，房東原來是要租給外國人，因此全是中國風情的仿古木製家俱，包含桌椅、衣櫥、床頭櫃，一個三面牆架的中式老床以及仿古水晶燈。我把長型屋子切成兩個區塊，在電視機前的木頭長椅鋪上一整塊棗紅色蓋著電熱毯的波西米亞大地毯，擺上幾個雲南刺繡的彩色抱枕和一個小茶几；仿古木床鋪的是棗紅色床單，床櫃有一盞拼花紅色壓克力垂墜的檯燈，連電話都是仿古造型，小書櫃的流行雜誌擠得溢出來，有的疊在地毯、有的堆在床頭櫃。

麗艷檢視著小居，彷彿看到新鮮玩意，這裡坐坐、那裡摸摸，最後躺在床上。

「很小的地方，一個人住還行。」我說。

「好有情調啊，紅紅豔豔，我也想住這樣的地方。」麗艷讚嘆。

「妳的房子應該比這裡大得多、比這裡好得多……」我笑出聲。

「不一樣的，有些男人就喜歡擠在狹窄的床上，多麼羅曼蒂克……」

我本來笑著，即刻禁口，麗艷從床上爬起來，走到露台，開了窗。

「好棒的視野，可以看到淮海路呢，梧桐樹真美！」麗艷繼續說：「冬天很冷吧?!沒有地暖……」

「很冷，所以我買了一台煤油暖氣機。」

葉片式的煤油暖氣機就擱在露台的地板。

「這麼冷，和男人偷情、緊緊擁抱在一起，多幸福呢！」

這齣戲，我突然不想玩了。

我說：「妳想知道什麼？」

麗艷：「我想知道程銘走過的地方。」

我有點不舒服，幾乎想和盤托出，不對，我現在扮演的角色是毛毛，不是我自己。

我說：「妳是不是誤會了？」

「不知道呀，我只知道……妳不是她。」

麗艷垂坐在木頭地板上，看著天花板的水晶燈，眼眶似乎泛出淚光。

妳不是她？什麼意思？我不知所措。

麗艷離開後，我打電話給程銘，轉述了突發的劇情，程銘在電話那頭沉吟許久，我跟著停頓許久，最後，我們只說台灣見。

經過了秋紅、冬雪、春綠，夏日來臨，炙熱藍空下，我回高雄已經九個月了。

高雄不是四季分明的地方，我鎮日穿著T恤、牛仔短褲和夾腳拖，冬天頂多加上一件薄外套。

大哥大嫂去年生了孩子，我的和式臥房早變成小孩的玩具窩，就在附近租了一個兩居室的小公寓。

前老闆的飯店大計畫，進行得不是很順遂，因為陸客少了，他便轉向搞起老屋新造，做一些所謂文創事業，比如賣咖啡、麵包、蛋糕、精油肥皂或多肉植物，對我而言，這比飯店生意有趣多了，錢不多，生活還算充實。

這段期間，毛毛帶著女兒閃嫁給一個比她大二十五歲的廈門富商，婚禮我沒去，託人帶了紅包；程銘和麗艷依舊夫唱婦隨，經常兩岸往返，程銘偶爾回台南老家探望母親，會偷溜到我家過夜。

麗艷則和我維持某種友好的神交，她的微信和FB曬滿和程銘的恩愛照，也不吝惜在我的微信、FB貼的照片按讚，更不忘在節日傳訊息祝我快樂，從中秋節、萬聖節、耶誕節、新年、農曆年、情人節一直到端午節，一個都沒漏過，我也禮貌性回應。

前天，她突如其來給我電話，說想和我喝一杯，也無不可，上海接受過她的招待，在高雄拒絕她，未免小家子氣。

麗艷足足遲到半小時，一來就道歉。她這次穿著Burberry的酒紅色格紋襯衫搭配白色九分褲和裸色高跟鞋，看起來休閒俐落多了，也清瘦不少，仍保持帶禮物習慣，那是一盒包裝華美的普洱茶茶餅和兩包雲南咖啡豆。

麗艷首先解釋，因為婆婆昨天扭傷了腳，她去台南探望老人家耽擱了點時間，搭台鐵過來；年初父親投資了雲南茶園，這幾個月和程銘跑了好幾趟。

「不知道合不合妳的口味，不喜歡可以送人。」

「謝謝，總是讓妳破費。」

我客氣地，真不喜歡這些禮物啊，還是露出表裡不一的笑容。

麗艷點了服務生推薦的特調雞尾酒：微笑愛河，基酒是香草伏特加；我點了玉竹，基酒是墨西哥梅斯卡爾酒，某種龍舌蘭。沒喝過的調酒，兩個人都當作嚐鮮。

究竟許久沒見了，我也沒有幫兇任務在身，我們之間的氣氛顯得和緩。

「有男朋友嗎？」麗艷突如其來一句，我愣了一下。

「有追求者，沒有男友。」我坦率回答。

「我有個客戶王先生在高雄，四十八歲，做營造業，人品還不錯，離婚三年，沒有小孩，上面有個哥哥，家境還算單純。」

「怎麼突然想幫我作媒？」我笑出聲來。

「妳不想結婚嗎？」

「也不是，只是有點意外。」

「我這個客戶，燒得一手好菜哦，他在鹽埕區有個義式餐酒館，我想你們都在高雄，都單身，認識一下也不錯。」

好像來真的，甚至特別強調男人會做菜，我微笑不語。

「我上週在廈門和毛毛吃飯，她還問起妳，有空可以去走一走，廈門是個很舒服的地方，毛毛的媽媽也去了幾趟，講閩南語也會通。」麗艷若無其事提起毛毛。

難道毛毛的老公是麗艷牽線？我陡然一顫。

「她老公是個好人，我們兩家認識十多年了，對了，毛毛懷孕了。」

麗艷從手機相簿翻出她和毛毛的合照，兩個女人在一個精緻的茶館喝茶，毛毛微笑的臉圓了，身型比以往豐腴。

我強忍內心的驚訝與錯愕，沒想到一山比一山高，程銘啊，你解決感情危機的伎倆，徹底被老婆看穿，我也淪為一個不入流幫兇。

「想看王先生的照片嗎？我記得有幾張，只是拍得不好，你們都在高雄，見面很方便的。」麗艷翻動手機相片。

「不用了。」我果斷回絕。

「為什麼？」麗艷說：「你真的那麼喜歡他嗎？」

「妳說誰？」我感覺自己的嘴唇在發抖。

「程銘。」

我瞬間想過千百個答案，決定棄械投降。

「是，喜歡。」

「可是，他是我的。」

麗艷雙眼直視著我，語氣不帶感情。

這仗該打或不打呢？怎麼會如此荒謬，我該繼續扮演小三的角色嗎？演別人很容易，做自己竟如此尷尬。

最後，我笑了：「我知道，他是妳的。」

麗艷眼神閃爍著疑惑，不放棄追問答案。

「我剛剛說，不用了，意思是不用看照片，我和王先生都在高雄，可以約碰面，也可以約去他的義式餐酒館吃飯。」

麗艷即刻眉開眼笑：「真的不看照片嗎？」

「總是要見的，妳說照片拍得不好，又何必破壞第一印象。」我完善地為自己的角色編寫了臨時台詞，心想今晚這場令人厭惡的酒局，應可畫下漂亮句點。

我說：「多交點朋友總是好的。」

這句話，以前我常對程銘的女友們說，沒料過有一天會這樣對他老婆說。

「多交點朋友總是好的。」

麗艷笑吟吟附和我的話，也說了一遍。她肯定不會相信這計策如此輕易得逞，必有後續安排，我只求今晚安然脫身。

我們告別時，夜空飄起細雨，麗艷原想送我一程，我指了指捷運，我說我搭捷運回去。她說約好王先生，再打電話給我，我揮了揮手，目送她上計程車。

雨越下越大，深夜街上的霓虹燈都朦朧起來，我忽然感覺全身筋疲力盡，盯著捷運的樓梯，頭暈眼眩，無止盡往下延展的階梯彷彿深不可測，直抵黑洞，想起了十年前一段畫面。

那一年，我和毛毛在模特兒行業出道兩年，來自中南部的我們感情極好，除了事業相互砥礪，也正值青春愛玩的年紀，總和一夥人廝混東區夜店。某個夜晚在一個二樓的酒吧，程銘來了，他是朋友的好友，大家說他若長得帥一點，這等身型肯定是一線男模，他只是微笑，說做菜比較有成就感，那時候他是某大飯店的二廚。和同行浮誇的男性友人，他顯得穩重大器，我特別留意了幾眼，他不露聲色只是笑著舉杯敬酒。

兩瓶酒喝盡，大家或多或少有了醉意，仍有人吵著要開第三瓶酒，毛毛忽然說：「哎呀，程銘背走妳的包包了。」我一看包包真的不見了，程銘的背影正從門口離去，我追了上去，他剛走下樓梯，肩上果然背著我的包包。

我心想，這麼穩重的人竟會做這麼幼稚的事，我他媽的看走眼。

「喂！你幹嘛帶走我的包包?!」我才說完，腳步踉蹌差點摔下樓梯，程銘轉身過來扶住我，看著我，吻了我，我一呆，他又繼續往一樓走，我跟了下去。

一到騎樓，程銘摟住了我、在我耳邊輕聲說：「如果不這麼做，我就無法跟妳獨處。」而我不知是喝醉了還是嚇傻了，竟然在騎樓和他熱烈地擁吻了起來，夜空大雨劈哩啪哩啦打在屋簷，一輛計程車疾駛而過濺起大片水花。

許多年過去，我和程銘再怎麼交歡纏綿，奇妙地，再不曾像那個吻一樣令我心顫，這件事，我一直故意在記憶裡忽略。說不定，我真的深愛著他，只是理智抑制我這麼思考；也說不定他將永遠只歸某個女人所有，因為不捨，我幻美了和他的情愫。

當雷聲轟作響，我已經聽不見心底的聲音。

新興

Pier No.1 ｜高雄市新興區中山一路 4 號（Hotel Indigo16F）｜ 07-272-1888

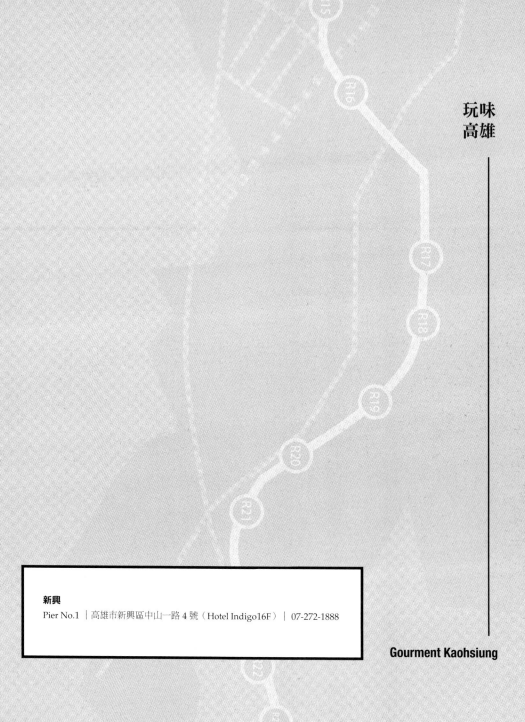

放生
Let it go

實在不願背負棄養的罪名，
於是想到「放生」這個辦法。
心愛的薄荷，
自從放生給翼德，
他的草莓蛋糕，
變得有型有款。
多肉當然要給慧玲，
三天兩頭出差的她，
大概不會愛如潮水。
少子化的台灣，像
孔雀魚這類愛懷孕
的物種——
べんとっと
店家生意應會
年年有餘。

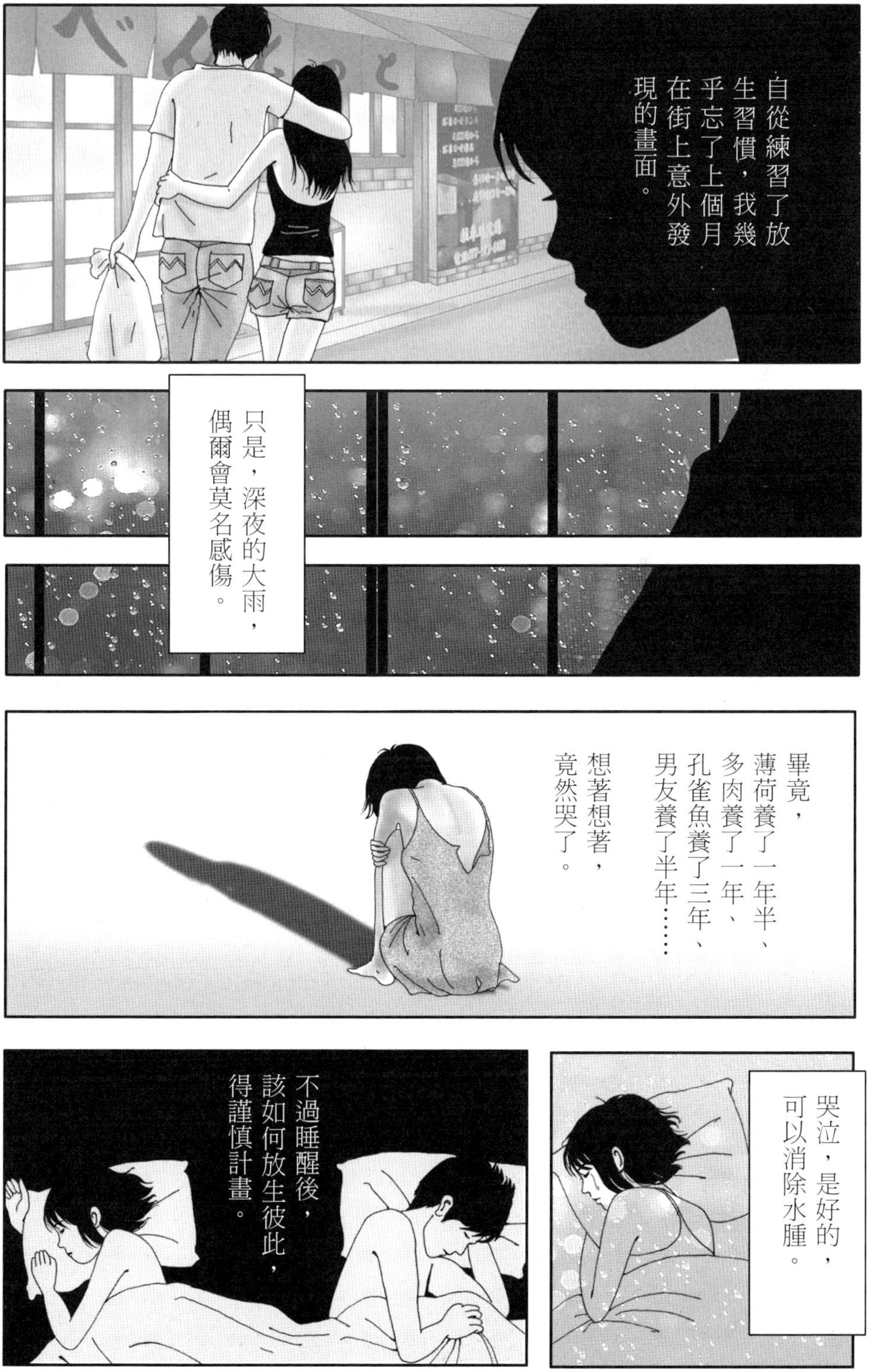
自從練習了放生習慣，我幾乎忘了上個月在街上意外發現的畫面。
只是，深夜的大雨，偶爾會莫名感傷。
畢竟，
薄荷養了一年半、
多肉養了一年、
孔雀魚養了三年、
男友養了半年……
想著想著，
竟然哭了。
哭泣，是好的，可以消除水腫。
不過睡醒後，該如何放生彼此，得謹慎計畫。

Wrong times

Chapter 09

恨不相逢未嫁時

鳳山距離楠梓，
是西北、東南一條斜切對角線，
當年高雄交通不便，距離極遠，
而他們手心那條感情線，更遙若星河。

冬夜裡吹來一陣春風　心底死水起了波動
雖然那溫暖片刻無蹤　誰能忘卻了失去的夢
你為我留下一篇春的詩　卻教我年年寂寞度春時
直到我做新娘的日子　才開始不提你的名字
——〈恨不相逢未嫁時〉

已經忘了爺爺第一次放這首歌，是李香蘭版本還是蔡琴版本。

那一年我還很小，豆大的字沒一個看得懂，只會哼哼唱唱這首歌，爺爺總會笑瞇瞇地用力鼓掌，說我唱得非常棒。我曾經以為自己長大可以變成電視上的歌星，直到小學二年級要挑選合唱團員，我落選了，我的歌星夢從此毀滅，我才知道自己唱歌五音不全，放學後爺爺來接我，我哭成小淚人，爺爺牽著我的手：「當歌星有什麼好？我們培培要當科學家，那才是真正厲害呀！」

計程車播放起蔡琴唱的〈恨不相逢未嫁時〉，想到這件愚蠢的幼年往事，我眼眶又紅了，我既不是歌星的料，更不是科學家的料，卻變成一個面膜銷售員。

自從昨夜爸爸打電話說爺爺突然昏倒送入加護病房，我整個心都慌了起來，即刻訂票從名古屋飛回高雄。

三歲時父母離婚，我就被當海員的爸爸送到爺爺奶奶家，直到讀大學前都在他們的細心呵護下長大，感情特別好；後來爸媽各自婚嫁、也有了弟弟妹妹們，奶奶前些年過世了，我心底真正的家人只剩下爺爺。

爺爺已經昏迷兩天了，醫生說七十歲老人家凶多吉少，我淚流不停，覺得有把利刃正一刀一刀割著心頭肉。

去年，被公司調到名古屋工作，為了省長途電話費，爺爺竟跑去買了一台智慧型手機、下載Line好和我打電話。爺爺的手指不靈活，總是搞不懂怎麼觸碰按鍵、滑動螢幕，卻又非常認真學習，那一瞬間，我好感動，覺得奶奶這一生能嫁給爺爺真幸福，希望這輩子也能嫁給像爺爺這樣的男人。

在我心中，爺爺一直是好男人典範，他是當年鹽埕區檳榔攤的家庭長大的窮苦小孩，努力唸書，上了大學，後來考上高雄煉油廠高級工程師。和本省家庭男人截然不同的是，爺爺一點都不大男人主義，他不但擅於打理家務，更熱愛做菜，即使奶奶做菜，他也會幫忙洗碗。比較起來，奶奶還顯得嬌生慣養一點，喜歡發點小脾氣。

整個夜裡，我無法入眠，睡了又醒，直到東方泛白，於是開門走進爺爺的房間，老家曾經整修過，但爺爺房中的老家具從不曾更新，擺滿了書、CD和黑膠唱片的木頭大書櫃、整潔的書桌和乾淨的雙人床，還有爺爺鍾愛的老唱盤、黑膠唱片和音響，看得出爺爺一絲不苟的性格。

透明的玻璃窗外可看見庭院裡白色的山茶花正兀自開放著，是爺爺鍾愛的花卉；書桌上的電腦旁，有一個木頭相框，是爺爺奶奶年輕時的黑白照片；濃眉大眼的爺爺和燙著蓬蓬短髮、細眉丹鳳眼的奶奶，兩個人肩碰著肩，各自雙手都擺在腹部，面對鏡頭生嫩的笑容，可以想像當年感情有多含蓄。

這張照片是奶奶特地洗來裝幀的，她說，這是她和爺爺第二次見面，地點

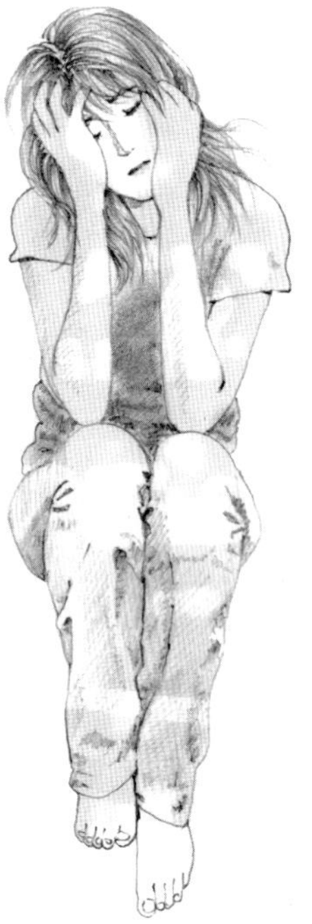

在大埤湖，就是後來改名的澄清湖。爺爺奶奶的婚姻，是典型「媒妁之言」，爺爺家賣檳榔，奶奶家在隔壁巷子開了一個走私的舶來品小店，那條街叫「賊仔市」，當年很多海員走私貨都在這裡販賣。雖然住得很近，兩個人並不相識，可是奶奶第一眼看見爺爺，就一見鍾情。

她曾笑著問奶奶：「為什麼？爺爺是妳的菜喔？」

奶奶笑著：「不是啦，我眼睛小，我就想嫁一個大眼睛的男人，否則以後生出來的孩子怎麼辦？」那一年，爺爺二十六歲，奶奶二十三歲。

爺爺說，他只記得那一年是一九六九年，阿姆斯壯登陸月球，秋天的時候，有了台視，他買了一台黑白電視，和奶奶一起看《群星會》。

正陷入回憶中，手機鈴響起，是爺爺的手機嗎？一大清早，誰會打來？我緊張起來，該不是爺爺病情危急？但也不該打爺爺手機，應該打家裡電話或者我的手機。循聲，從奶奶梳妝台的書包裡找到爺爺的手機。

共有三通未接電話、四通未讀簡訊，名字都是慧園，訊息分別簡短地寫著：

——我到了。

——你是不是有事？給我電話，讓我知道。

——我先回去了，老么今天帶孩子回家，我要早點回去做菜。

——我打電話給你，你都沒接，有點擔心你，如果沒事，讓我知道，我們下禮拜老地方見。

——醒了嗎？

慧園是誰？

我好奇地翻閱起爺爺和慧園的通訊記錄，日期約莫可回溯到去年春天，那時候我剛搬到名古屋，天寒地凍，人生地不熟，路邊櫻花樹彷彿粉紅色雪花般閃爍刺眼，爺爺心疼地給我寄了一件登山用的紅色羽絨外套，我大笑：「哎喲，名古屋可是日本的觀光古城耶？又不是荒郊野外。」

看完手機的訊息，我充滿錯愕，不確定自己該不該知道這個祕密。

坐在書桌前發呆許久，我仍沒忍住好奇心，決定打開爺爺電腦，果然電腦上有清楚 Line 的圖案，帳號和密碼是記憶型，以爺爺手機條碼掃瞄後就進入了。爺爺的朋友極少，四個，一個是我、一個是爸爸，一個是慧園，另外一個是爺爺的高中同學李爺爺，就住在家裡不遠。

Line 的通訊中，爺爺和爸爸對話很少，主要是我和李爺爺，我們多半是通電話訊息，文字記錄最多的是爺爺和慧園。

其實，這些對話在手機 Line 都看得到，看過了他們兩個的通訊記錄，我只是想確認爺爺去年初夏對慧園說的那一句：「知道嗎？這麼多年，我有好多好多想對妳說的話，但手機打字太慢了，讓我好憤怒。後來，我發現這個軟體也可以在電腦下載，我可以用電腦打字了，終於可暢所欲言，妳也可以試試看……」

完全沒想到心目中典型好男人、好丈夫的爺爺，除奶奶以外，竟然有一段橫跨數十年的感情。

我的信仰瞬間崩毀。

既感傷，又刺眼，我理所當然是奶奶這一國的。慧園是什麼東西？除了李爺爺，竟和自己並駕齊驅？雖知道自己的邏輯無理取鬧，很想哭，卻哭不出來。

早上去醫院，和爸爸換班照顧。爺爺今天還是沒有好轉，安靜地像熟睡一樣，只是身上插滿很多管子。

爸爸憂慮地說，或許我們該請看護，雖沒有好轉，但也沒惡化，但是我們都要工作，沒有太多的假期……爸爸是一個很理性的人，我卻多想把睡著的爺爺用力搖起來，問他：「怎麼辦？怎麼辦？」極幼稚的念頭，但看見被爸爸強迫來的兩個妹妹，都握著手機東倒西歪睡倒在椅子上，媽媽和弟弟那邊，明天要來，大概也不靠譜；名古屋的老闆一直以為我回台灣是奔喪，恐怕無法允許我請長假。

我默默地對父親點頭。

「爺爺，醒來吧，爺爺……」我在心底用力吶喊，再度落淚。

這次難過的淚水，夾雜更多謎團，在心頭打滾。

午後，慧園又傳訊過來，只有一句話：「你好嗎？」

我從病房走到走廊，盯著這三個字許久。

你好嗎？你好嗎？你好嗎？

我好想大聲說：還好、很好、非常好。

沒想到手指竟忍不住打了字：「還好。」

對方即刻傳來簡訊：「那就好，以為你發生什麼事了……明天老地方見好嗎？」

我看著「老地方」這三個字，回想起爺爺和慧園的訊息，打上：「好。」

一打完「好」這個字，我就後悔了，我怎可以替代爺爺去和慧園碰面？我該怎麼告訴慧園關於爺爺真實的狀態？慧園會不會和我一樣難過？說不一定更傷心。為了自己的好奇心，我太自私了、太沒有同理心了，煩惱了一整天，我依然沒有勇氣傳訊告訴慧園，內心充滿自責。

依據爺爺和慧園在Line的書信對話——爺爺這一生最愛的人，並不是奶奶，是慧園。只是，他們究竟是怎麼樣認識？慧園是什麼樣的人？慧園是爺爺的外遇嗎？我一無所知。

從兩個人的對話，那些寫滿對往事情景的懷念和感嘆，文字看似含蓄溫馴，實際上滿溢著深切的思念，可以感覺慧園應該是和爺爺差不多年代的人。

下午，李爺爺拄著拐杖來探望爺爺，多年沒見的李爺爺看起來比以前更瘦小、更蒼老，因為前幾年小中風，李爺爺就很少外出。

我們坐在病房敘舊了一下，李爺爺說爺爺最掛心的就是我的婚事，老大不小了，也該找個人照顧自己。我不是不知道，但畢業後的幾次戀情總是遇到人渣，上一次和男人分手正值前年冬末，這也促使我願意接受外派到名古屋的工作，我以為換個環境可以療傷或者遇到另一個男人，可惜忙碌又陌生的環境，並沒有遇到新的人，我對拘謹客氣或狂妄不羈的日本男人興趣不大，語言也是一種障礙，我日語講得不夠流暢，他們則懼怕講英文。

我從小理想的男人就是爺爺，一直希望自己可以遇到像爺爺這樣溫柔體貼又專情的男人。想到專情二字，腦中一片空白，我終於開口問了不該問的題目。

「李爺爺，你認識慧園吧？」

李爺爺的表情似乎愣住了，卻也不顯驚嚇，顯然認識。

「她是什麼人？」我追著問。

「……我想抽根菸，可以陪我出去走走嗎？」

我點點頭，隨即找來護士請她們幫忙照料。

我們散步到醫院外不遠的小公園坐下來，李爺爺點起菸斗，雖然很猶豫該不該對我說，還是慢慢地講起一段很長的故事。

那一年是西元一九六二年，民國五十一年，李爺爺和爺爺一起考上大學，因為家裡窮，兩個人一起半工半讀，非常辛苦，有一個學姐一直很照顧他們，會幫他們介紹家教，也常帶一堆食物給兩個不會打理自己的男生。

「學姐是學校的風雲人物，長得漂亮、個性又豪爽，她對誰都很好，我們同學都很喜歡她，我也是啦，我還暗戀過她一年呢。」李爺爺乾笑兩聲。

「那是慧園？」我試探地。

「嗯，慧園是我們大家的夢中情人，可是沒有人敢追求，因為她是學姐，家裡很有錢，也因為她已經有未婚夫了，開著一輛很時髦的車子，會來學校接慧園。那個時代有車，大概都是官員，連民間企業都不太有人開車，有人說慧園的男朋友是國防部的什麼將軍或情報局的兒子，反正傳說的很多，無法求證。也有人說慧園是官

員的獨生女，那個時代大家對這種事心底多少害怕，誰都不敢高攀，怕惹禍上身。」

可是啊，明眼人都看得出來，慧園對爺爺另眼相待，可能因為兩人性情相投、志趣相合。慧園是很特殊的女孩，明明是個上海人，聽不懂台語，卻非常喜歡台語歌、日本歌。歷經多年抗日，外省女生都不會喜歡日本歌和台語歌，簡直不可思議。

「他們兩個是特別的，都很愛音樂，也都很愛看電影……那個年代台灣有幾百家戲院，有很多歌曲都有同名電影，一年至少有一百部電影上映，像《舊情綿綿》、《星星知我心》、《雨夜花》……只是有的電影拍得亂七八糟，大家還是很捧場，約會就是要去看電影啊。一直到民國五十六年，政府有淨化歌曲政策，電視台限制每天只能播放兩首台語歌曲，台語電影漸漸沒有了，然後國語電影開始起來；我還記得我看的第一部國語電影是《星星月亮太陽》，不過妳爺爺和慧園去看的第一部電影是《梁山伯與祝英台》，那部電影太紅了，很恐怖……」

聽李爺爺說故事，竟然有一種遁入時空的奇妙感，原本只是好奇爺爺和慧園的關係，完全沒想過時代背景，而且是非常陌生而遙遠的世界。

李爺爺使用「恐怖」來形容《梁山伯與祝英台》時，身體起了寒顫，停頓半晌，緩緩抽起菸斗，吐出煙霧。

事實上，李爺爺的意思是，梁祝電影之「恐怖」，是民國五十二年，凌波初次訪台，有十八萬粉絲去看她，可稱之萬人空巷，要出動軍警維護，聽說當天被踩壞的計程車無數，他深深切切記得這件事。另一種恐怖，是爺爺和慧園曖昧的關係是在看完《梁山伯與祝英台》起了劇烈變化。他們的愛從隱性變成顯相，幾乎同學們都能清楚看得見他們的熱烈情愛，那是一種冷水都無法澆滅的火焰，轟轟烈烈，同學們又羨慕又害怕，也宣告著爺爺必須挑戰慧園有背景的未婚夫，同學們一邊歡聲鼓舞又一邊膽怯，顯然爺爺有成為烈士的自覺，真愛究竟擁有天使之眼或惡魔之手？沒有人知道。

或許他們的愛太囂張了，被慧園未婚夫家裡發現，然後，爺爺被學校以各種名義找去詢問，包括在鹽埕區賣檳榔的母親都被警察找去問了好幾回奇怪的問題。爺爺突然被學校停學、媽媽的檳榔攤被迫收了、父親在鐵工廠的工作也莫名失去了，一瞬間，爺爺一家頓入慘況……至於慧園，大學沒畢業，就被迫到美國留學。

那個年代，有太多不知名、不清楚、不瞭解的恐怖力量，會讓一般人戰慄。幸好校方還是很疼惜爺爺這個學生，當慧園出國後，依然讓爺爺順利畢業，爺爺的母親則改賣涼水，父親也復工了。

李爺爺眯著眼幫熄滅的菸斗點火：「那是運氣好，那時代啊，總是常有人失蹤，什麼都不能問，問了會遭殃。」

不過，這個故事還沒結束，慧園到美國，仍舊和爺爺有書信往返，幾封信之後，爺爺的信常被攔截、慧園寄給爺爺的，也被曾祖母扔掉了，兩人頓失訊息，幾年不知道彼此是生是死。

五年後，慧園結了婚，隨著夫婿搬到香港，回台和爺爺偷偷私會，當時爺爺剛到高雄煉油廠上班，也分配了公家宿舍，並且和奶奶論及婚嫁。慧園問爺爺願不願意跟她一起私奔，爺爺猶豫、痛苦了很久，問李爺爺該怎麼辦？李爺爺感覺何必呢?!有過上次教訓還不夠嗎?!慧園就是一個自私任性的女人，你還要受她拖累多久？爺爺，最終決定留在高雄。

經過無數又無數年，李爺爺承認這個「勸說」，讓他掙扎、自責了許久。

一九六八年慧園黯然回港，給爺爺送別禮物是李香蘭的〈恨不相逢未嫁時〉，李香蘭在一九四二年唱紅這首歌，慧園是這一年出生的，七歲時隨爸媽搭船到了台灣。

一九七九年中美斷交，慧園再度回台，離了婚，帶著五歲的女兒搬到高雄左營眷村，和爺爺又碰了一次面，她仍問同樣一句話：「你願意和我私奔嗎？」當時爸爸才六歲，爺爺拒絕了她。隨後，慧園離了婚再嫁，嫁給一個軍人，搬到鳳山眷村，又生了兩個兒子。

鳳山距離楠梓，是西北、東南一條斜切對角線，當年高雄交通不便，距離極遠，而他們手心那條感情線，更遙若星河。

慧園婚後，兩人再也沒有連絡，一晃眼就近四十年……直到前幾年奶奶過世，爺爺寫了一張賀年卡給慧園，也收到她回寄的賀年卡，知道她還在高雄。第二年，兩個人又互寄賀年卡。去年，他們才開始試著打電話、交換手機號碼。

說到這裡，李爺爺深深嘆了一口氣：「時代作弄人啊。」

我不知道，真的不知道，聽故事的過程已經潸然淚下，用掉了一包面紙。同時覺得自己很蠢，只因為自己感情不順遂、遇到幾個劈腿渣男，這一刻發現敬愛的爺

爺可能有一個疑似外遇的祕密，站在奶奶的立場，火大起來……其實是把自己的情緒發洩在這裡。

我總是自怨自艾遇人不淑、運氣不好，或許自己也有許多問題，卻從未深思自己和男人的關係。這麼多年過去，我相信奶奶在世肯定比我更瞭解爺爺的酸楚。愛一時、恨也一時，不能在一起的緣分，爺爺和慧園的故事，她默默接收了。

想起慧園在Line和爺爺說：「我們一直住在對角線，好遙遠喔。」

爺爺回答：「對啊，沒想到有了捷運，變得這麼近。」

慧園：「那麼我們就約在中間站好了，美麗島捷運站。」

爺爺說：「好呀，美麗島，真好，明天見。」

那是半年前的對話了。

送走李爺爺，回到病房，看著爺爺躺在床上平穩的呼吸，仍無法得知他何時會清醒，我擦擦眼，好腫。

慧園說：「明天老地方見。」

我使用爺爺手機回：「好。」

聽完爺爺和慧園橫跨四十九年的愛恨情愁，我，越發不敢去見慧園。

晚上，爸爸來交班，說已經開始找看護了，媽媽和弟弟明天會搭高鐵到，我說好，再也無法多說一字，今日衝擊太大。

回到爺爺在煉油廠的房子，自從二〇一五年底煉油廠遷廠，據說這些充滿歷史的日式房子的公家宿舍都將被收回去，不少人都遷走了，那麼爺爺心愛白色的茶花還會在嗎？這裡會不會被移成平地或賣給財團蓋大樓呢？

打開客廳的燈，走到書房，看見爺爺的音響和黑膠唱片……我突然有了一個念頭。找出了爺爺珍愛的唱片，李香蘭版本，放上唱盤上，拿出手機開始錄音，約錄了一分鐘音檔。

第二天早上，我用爺爺的手機傳了音檔給慧園，貼上歌詞——

冬夜裡吹來一陣春風
心底死水起了波動
雖然那溫暖片刻無蹤
誰能忘卻了失去的夢

接著，慢慢打字：「我孫女這兩天約我去日本玩一陣子，不好意思，小女孩很任性，今天老地方去不了，等我回來好嗎？」

一個小時後，慧園回訊息：「很棒呀，記得帶伴手禮，你知道我愛吃的。」

愛吃什麼？

深深吸了一口氣，覺得該把爺爺和慧園的 Line 再認真看一遍。

玩味高雄

Gourment Kaohsiung

楠梓

中油宏南宿舍群｜高雄市楠梓區宏毅一路（捷運世運站、油廠國小站之間）

鹽埕

賊仔市・鹽埕老街｜高雄市鹽埕區富野路 27 巷（路口掛有小偷招牌）

My heart will go on

Chapter
10

聽說每個男人都忘不了自己的初戀情人，
初戀是初次的怦然心動，初戀是永遠未竟的夢，
初戀情人在男人心中的地位，僅次於母親和女兒。

愛合之心

如同鑲鑽的項鍊一般，一條心型的河，在黑暗中發出光芒，我相信戀人們只要一起戴上愛河的項鍊，一定可以抵達幸福的彼岸。——by小蝦

1，大熊

一覺醒來，就被窗簾隙縫刺眼的陽光曬醒。

據說今天是寒流，我卻毫無感覺，比起台北冬日刺骨的寒雨和霉濕氣味，高雄是溫暖的亞熱帶。吵醒我的，除了陽光，還有二舅媽廚房傳來的乾煎鹹魚味道，現在通稱一夜干，又腥又香，即使昨晚一到岡山和表弟仔仔喝了半瓶高粱，頭還暈著，仍然被香氣搞得飢腸轆轆。

地瓜粥、花生、肉鬆、麵筋、菜圃蛋、台式泡菜、雪裡紅炒肉絲、香煎一夜干、味噌海帶芽豆腐湯、山東單餅和饅頭，是二舅媽家早餐桌上最熟悉的菜色。二舅媽是台灣人、二舅是山東外省人，於是早餐各有堅持，成就一桌豐富料理，主要原因是我這個外甥來訪，從小二舅媽疼我比疼自己親兒子仔仔還多。

舉家搬到台北是好多年前的事，當初爺爺奶奶還在，每逢寒暑假、過年回高雄，我一定會去二舅家拜訪，擁有丙級廚師證照的二舅媽總會為我特別打理西式早餐，想著台北孩子可能時髦一點，弄什麼漢堡、培根、歐姆蛋和咖啡，後來發現我眷戀傳統早餐，舅媽覺得很合脾胃，開心得不得了，所以一回高雄，每餐都豐盛極了，仔仔忍不住嫉妒：「媽媽偏心！」二舅媽總冷酷地說：「等你減肥再說！」

仔仔小時候就圓圓滾滾，長大後依然很福氣，二舅媽老怕他交不到女友，仔仔女友可多了，都在網路上，每個遊戲代言女神或網美，他都喚她們：「老婆。」

說是表弟，仔仔也只比自己小十四天，我倆打從小學就是同班同學，不僅國中同班、高中也同校，小時候我們都住在左營眷村，就隔一條巷子，自小玩到大，直到二舅因為工作調動遷到岡山眷村，緊接

著岡山眷村改建，二舅一家人才搬到重新建造的社區。

聽說左營眷村除了將軍村（明德新村），人都清空了、剩下荒蕪的斷壁殘垣，二舅和舅媽不忍唏噓，只是自從爺爺奶奶往生，我的工作又忙碌，已經很多年沒回高雄了。

我一直想帶女友小蝦到高雄走一趟。交往三年、同居了一年，我們的感情很穩定，過年後我就三十七歲，小蝦三十三歲，爸媽都挺喜歡小蝦，老催我們趕快把婚事確認一下，說若想生小孩，還是趁女人三十五歲以前，體力比較好。

這趟假期，原先沒打算到高雄，是我和小蝦都還有剩餘年假需要在年底消耗，否則就會被公司收回去。我們打算來一趟小旅行，小蝦希望去京都和北海道，因為她有七天年假，問題是我的年假只有五天，新公司就職才滿一年，七月已經用掉兩天年假，只剩三天假期，就算加上周休二日，五天去兩個地點，太匆促，至少也得一週，無論時間和金錢，CP值才

划算。

不能去日本，小蝦小小遺憾，主動建議去礁溪泡溫泉，我覺得也行，可惜想去的幾家溫泉民宿早被訂滿，我們兩個對於這一點都不願妥協。我說：「那就來個高雄四天三夜小旅行吧，天氣也比台北溫暖，又不會太熱。」小蝦也希望認識我老家，看起來挺興奮，甚至上網作功課，列出遊玩路線……但我怎麼都猜想不到，小蝦會在出發前一晚變臉。

仔仔說：「哎喲，女人變臉就像翻書一樣，別在意啦。」

那是別的女人，不應該是小蝦，我們在一起四年，我還不夠認識她嗎？究竟發生了什麼事？我百思不解。

記得有一部電影，描繪老婆過世，男人在整理衣櫥竟發現一些老婆的性感內衣，他從沒見過老婆生前穿過。難道小蝦真有一個我不知道的祕密衣櫥？我自認是敏感的人，真不敢置信。

小蝦前晚突然翻臉，就像神經病，前十分鐘還開心地打包行李，一臉興奮，十分鐘後亂扯到礁溪和日本，離譜得還扯到台中、台南、台東，碎碎念：「去什麼高雄？為什麼不去台東呢？大家都流行去台東。」我被唸到一把怒火燃起，畢竟都和二舅媽報備了，二舅媽還特地為我們整理出一間房，上週就把棉被拿出去曬了、床單也換了，認真問我小蝦喝哪種咖啡？喜歡吃什麼菜。

小蝦的離譜行為，我只能和二舅媽說抱歉，藉口小蝦臨時有工作、分不開身，我想二舅媽肯定很失落，她卻笑著：「沒關係，這時代，無論男女上班都很忙呀，工作沒辦法……下次下次，好想見到她呢。」

2，小蝦

一覺醒來，陽光燦爛得不像話，拉開窗簾是一片如詩如畫的蔚藍海洋。

昨晚搭最後一班高鐵，行前匆匆在網站上訂了一間民宿，入住後就昏迷地睡著了，可能因為白天哭腫了眼，身體的水分流失太多，眼睛乾澀地睜也睜不開。

民宿的早餐非常豐盛，是台日式混搭風格，精緻碗盤置放在一個咖啡色木托，質感很好。早餐有淋了醬油的荷包蛋、香煎土魠魚、味噌豆腐湯、肉鬆、醃蘿蔔、醬黃瓜和一碗白粥，咖啡、柳橙汁和豆漿在一旁小桌，可以免費自取，吧台穿著藍色圍裙的小帥哥露出深深的酒窩望著我微笑，我突然意識到自己還沒上妝，不知道眼睛是否還腫著，好糗。

老實說，一點食慾都沒有，我還是認真拍了早餐的美麗照片，從各種角度拍了好幾張，上傳到FB，寫著：「陽光燦爛的美好早餐。」即刻有一堆人按「讚」。

吃了半顆荷包蛋、一點魚肉、幾口味噌湯，又喝了兩杯咖啡，再度檢查，按讚的人，並沒有大熊，我有點失望。

前天晚上，我們大吵一架，大熊氣得睡在客廳沙發，昨天中午他真的提著他的背包和折疊單車就走了，問都不問我一聲。

只不過隨口說不想去高雄，想去台東，他可以氣得把我扔在家裡嗎？而且一通電話都沒有。有必要這麼生氣嗎？有必要嗎？有必要嗎？有必要嗎？

他為什麼不問我生氣的原因？

都在一起四年了，越想越傷心，我怕自己會在食堂哭出來，喝完咖啡，和小帥哥點點頭，就躲回房間。

藍白色的房間大窗戶，海風吹動紗簾，遠處海平面在光線照射下，點綴著碎鑽般閃爍的光芒，啊，多麼美好的天氣，我不應該繼續傷感的，對，應該出門走一走。

我洗了把臉，取出包包，拍上化妝水，淡淡地上了防曬霜、粉底液、鋪上粉，上了睫毛膏，我要美美地出現在這個陌生的城市。

3，大熊

「她，大概在台東吧?!安全抵達就好。」

看到小蝦貼在FB的兩張照片，一張是醬油荷包蛋、香煎土魠魚、味噌豆腐湯、肉鬆、醃蘿蔔、醬黃瓜和一碗白粥的早餐照；另一張是戴著大墨鏡的笑臉，背景是湛藍的海洋。只要她不是躲在陰雨的台北生悶氣，我就放心了，不知道她去台東哪個地方，會去找台東的小陳或巴布嗎？小陳和巴布是我們台東的共同朋友。

小蝦的早餐看來美味，又怎能跟二舅媽相比，我上傳了二舅媽做的一大桌的傲人菜色。

攜帶小折從岡山捷運站上車，打開FB，她也沒對我的照片按讚，還在生氣嗎？想起四年前兩人在台東都蘭糖廠初識的畫面，小蝦就是一個可愛的台北聳，和幾個友人到都蘭，傻傻地，忘了帶防蚊液，一直被蚊蟲咬，她的體質很招蟲。後來兩個人在一起後，只要有花草叢林處，她都被咬得像紅豆冰，唉，昨天忘了提醒她帶防蚊液。

其實也不知道自己在氣什麼，可能是和二舅媽說自己要帶女朋友來玩，自認為一切籌備得很完善，可以好好地帶她玩一趟高雄，小蝦莫名其妙的情緒，引起我反彈。

坐了幾站，在橋頭糖廠下車，我騎著單車到處亂晃，拍了好幾張照片。多麼美麗的地方，小蝦一定會很喜歡這裡綠意盎然的林蔭大道和處處可以見巧思的小咖啡館，再度想起在台東初識小蝦的模樣，第一眼看到她揹著大包包、拿著萬金油擦著手上的紅腫斑點，那副可愛又可憐的模樣，我就喜歡上她。

或許我該陪小蝦去台東……好好一個假期，竟然各走各的。

4，小蝦

「哼，吃得真好！」

地瓜粥、花生、肉鬆、麵筋、菜圃蛋、台式泡菜、雪裡紅炒肉絲、香煎一夜干、味噌海帶芽豆腐湯、山東單餅和饅頭……令人火大。

「哎呀，原來是橋頭糖廠藝術村，好漂亮。」

我翻閱著大熊的FB，喃喃自語，有點懊悔沒跟他一起走。想起彼此初見面在台東的都蘭糖廠，自己被蚊蟲咬得厲害，這個大個子男人竟拿出薄荷精油滾珠瓶給我，這種東西不是只會出現在女生包包嗎？大熊說：「這個妳留著吧，否則手沾上萬金油又碰到眼睛會很痛。」然後做出眼睛很痛的鬼臉，逗得我哈哈笑。

算了，男人總是會改變，都三十二小時了，也不來一通電話。哼，我才不想當個哭哭啼啼的小媳婦，我也要來個自己的小旅行。

在「好市集」閒逛，我覺得很驚喜，這家位在西子灣捷運站附近，紅磚白牆挑高的兩層樓老房子，賣好多有趣的東西喔，餐廳陳設充滿紐約、東京、台北的都會氣味，花蓮台東當然可能有這樣的店。

我拍了很多照片，選了一張貼上FB，只寫一行話：「彷彿來到了歐洲。」

對，我可不想讓大熊知道，兩個人吵完架的隔天，他搭高鐵南下，我吵著說要一個人去台東，最後超沒骨氣搭上最晚一班高鐵偷偷來到高雄。

我當然確定大熊一定會看我的FB，即使他沒按讚。

不行，得讓他以為我人在台東，因此貼在FB的照片，我都選擇局部美麗畫面，不打卡、也不明說地點，文字也故意寫得曖昧模糊，當然是特別寫給大熊看的。也因為那個突發事件，還不知道真相。

——真正的藍，其實都在每個人心底。心情有多好，藍色就有多美；心情有多糟，藍色就有多深。

西子灣大片的蔚藍海洋。

——最美味的食物，總是來自你和誰在一起。

高雄最著名的「李氏商行」早午餐，豐盛味美的照燒雞肉三明治。

——是誰說偽文青就是：寧願不吃午餐，也要喝杯咖啡？今天我這個偽文青，就算被甩……

獨立書店「三餘書店」美麗的一角。

寫到「被甩」二字，我猶豫了一下，咬了咬唇，繼續寫，送出。

「是誰說偽文青就是：寧願不吃午餐，也要喝杯咖啡？今天我這個偽文青，就算被甩……今天我這個偽文青，就算被甩也要抽空看一本書。」

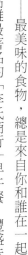

5，大熊

從油廠國小捷運站一號出口下車後，我騎著單車右轉到後昌路再左轉入和光街，早市的這一條街每天上午都是人山人海，一過中午收攤就變成冷清的一條街，不僅流動攤販收了，一堆店也關起門。早市兩側充滿大小攤販，汽機車幾乎都動彈不得，這些攤子什麼都賣。衣服鞋子、鍋碗瓢盆、花木盆栽、蔬菜水果和各式各樣熟食攤，炸雞、炸蝦、炸黑輪、捲餅、蔥餅、肉包、肉粽或碗粿，琳瑯滿目，包括各國料理，連山東千層蔥餅都有。

我走走停停一段路，抵達一個三角窗，為的是吃這個經營超過四十年的路邊攤，這攤子只賣三種食物，肉圓、米糕和四神湯。肉圓的皮是地瓜粉特製，成半透明狀，餡料是肉條和筍絲，不同於彰化肉圓，這家肉圓先蒸熟後以大鍋少油煎香，煎到表皮酥黃，淋上特製甜辣醬、香菜和蒜末，外脆內軟的肉圓一直是我的最愛。吃完肉圓，到隔壁喝碗古早味的肉羹，往前走二十步路帶兩個鐵桶現烤的鹹酥餅，就是一大享受，這都是台北吃不到的味道。

從市場的巷弄繞出來，右拐進宏南宿舍，可以看到大大的「洗衣部」招牌，其實就是洗衣店，這是當年煉油廠為了單身職員設置，就成為一個部門。進了宿舍，寬闊的馬路兩旁盡是花木扶疏、老樹林立的日式平房，美好的視野，令人心曠神怡。拐了又拐，看到右側是籃球館，左側則是熟悉的公園和圓形溜冰場，公園對面的白色建築物是圖書館。

這裡，曾經在我心底留下一段美麗朦朧的青春寫真。

前晚，仔仔在FB私訊開玩笑：「回高雄，要不要去見初戀情人？」

我說：「咦，小寶貝不是嫁去美國了？」

仔仔說：「她離婚了呢，搬回高雄了，你又有機會了喔！」

我說：「真的假的？離婚了？」

仔仔說：「千真萬確，我有她的電話，她回高雄開了一家小咖啡館……」

小寶貝，是我和仔仔高一的代課英文老師，大學剛畢業的她有一張甜美的娃娃臉、待人親和、個子嬌小，笑起來有淺淺的梨窩，班上男生都很迷戀她，私下叫她小寶貝，不可否認我和小寶貝的感情比一般同學都好，因為我是班長，身材高大，站在個子矮小的小寶貝旁邊，就高出半個頭，自覺像個成熟的男人，奇妙地，小寶貝對我的態度也比較不同，同學都嗅覺得出來。可惜高大的個子只是表象，心底仍是個不懂情滋味的小笨蛋，頂多賀爾蒙在身體裡不安分地翻攪。

多年後，每次遇到同學朋友聊起「初戀」這個議題，我其實不確定這可否算初戀，卻常常大言不慚說自己的初戀是高中老師，聽到大家驚訝豔羨就很得意，可想而知豬朋狗友最在意的題目是：「這麼早就開苞？」「她有沒有讓你精盡人亡！」我竟也面不改色、加油添醋、胡扯一通。

事實上，我跟小寶貝什麼事都沒發生，我頂多隱約感覺有一種奇特的氣氛在我和她之間流竄，也可能是我一廂情願。

小寶貝家住宏南宿舍，記得當時門禁深嚴，兩個門口都有警衛，需要看證件，後來開放了才可以自由進出。託小寶貝的福，高一那年暑假，我和仔仔蒙受恩寵數次進入這個神奇的區塊，到溫水游泳池游泳、籃球館打球、圖書館看書、躺在草地上吃冰棒，記憶爽到不行，感覺我們是有特權的人。

繞過籃球館、網球場到溫水游泳池，轉到高爾夫球場，想起那年夏天，小寶貝曾經穿著一件很可愛的粉紅色連身短裙泳裝和我與仔仔一起游泳，小寶貝雖然不高，身材卻凹凸有致，我差點管不住泳褲裡面的東西。

陳大熊
1小時・
宏南宿舍好像渡假村，以前暑假常常來這裡的溫水池游泳。
31
3則留言
讚
留言
分享

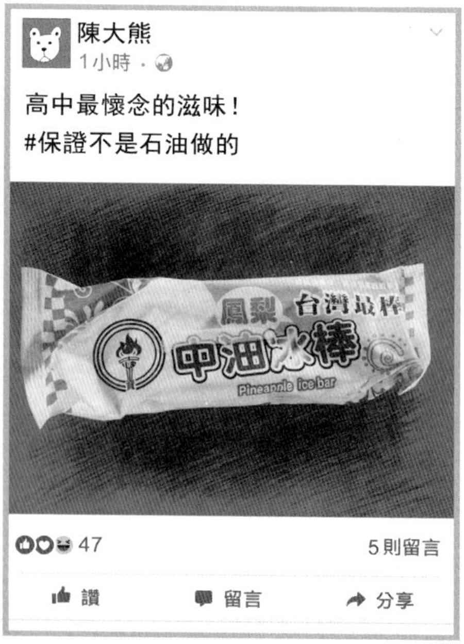
陳大熊
1小時・
高中最懷念的滋味！
#保證不是石油做的
鳳梨
台灣最棒
中油冰棒
Pineapple ice bar
47
5則留言
讚
留言
分享

現在回想起來，大學剛畢業的小寶貝真的對我有感覺嗎？還是因為吹噓太多年，自己都被自己的鬼話洗腦。哪個大學畢業的花樣女人會對乳臭未乾的高中小男生有興趣？多麼荒謬。

單車繞了一圈，去福利社買了支中油花生冰棒，像青少年一樣在草坪上躺成大字……沒錯，那一年夏天，我們三個一起游過泳，也像這樣買了冰棒，運動過後，大家都有點睡意，三個人就這樣躺在綠草坪中，小寶貝靠著我竟然睡著了，當時的我既很睏又很緊張，仔仔則早就呼呼大睡。

二十年沒見過小寶貝，忍不住有點衝動，好想見見她。

6，小蝦

「肉圓、肉羹、鹹酥餅和冰棒？」這傢伙貼的美食照，和自己簡直天差地遠。

倒是宏南宿舍好漂亮啊，不知道高雄有這麼棒的地方，彷彿國外的度假村呢，一個社區竟然還有高爾夫球場？

逛了一圈駁二藝術特區，我忍不住也去買了支「枝仔冰」，並拍下照片上傳，就是想和他一別苗頭。是和他？還是她呢?!

前晚，興高采烈地收拾行李，大熊在浴室沖澡，他的手機FB簡訊提示聲卻一直響，喊了他幾聲，他似乎沒聽見，我忍不住拿起手機看了一下，手機畫面跳出的視窗：

仔仔——這是小寶貝的咖啡館地址和電話，回高雄，你真的不想看一下她嗎？上次我去咖啡館和她聊天，我感覺她對你戀戀不忘呢！嘻～

我知道仔仔是大熊的表弟，小寶貝是誰？為何從沒聽說過？

好奇地打開FB私訊，往前翻了對話。

仔仔——回高雄，不去見初戀情人？

大熊——咦，小寶貝不是嫁去美國了？

仔仔——她離婚了呢，搬回高雄了，你又有機會了喔！

大熊——真的假的？離婚了？

仔仔——千真萬確，我有她的電話，她回高雄開了一家小咖啡館……

初戀情人？看到這四個字，我腦袋轟地一聲巨響。

我一直堅信自己和大熊之間毫無祕密，自己過去的前三段戀情、大熊之前的四個女友，兩個人都很清楚分享過名字、戀愛過程和分手細節。

說好要誠實分享的，再不堪的，都要坦白，否則未來怎能攜手共度？

大熊的故事裡，從來沒有這一位，都過去式了，大熊明知道我又不是不講理的女人，怎會隱瞞？除非……心裡有鬼，除非這一個是大熊最珍愛的。

聽說每個男人都忘不了自己的初戀情人，初戀是初次的怦然心動，初戀是永遠未竟的夢，初戀情人在男人心中的地位，僅次於母親和女兒。

這些愚蠢的網路農場洗腦文，我從不曾在乎過，前晚卻莫名浮現在腦中，狠狠刺激著我，我確實抓狂了，就是不願意去高雄，不願意不願意不願意，也忘了自己口不擇言說了什麼，惹惱大熊，兩人大吵一架。

咬著冰棒的這一瞬間，我沮喪極了，心情海一樣黯藍，沮喪得不知道為什麼要到高雄。

7，大熊

據說，這是全世界最美麗的地鐵站第二名。

忘了是美國旅遊網站 BootsnAll 還是 CNN 新聞頻道報導的。

可惜，這一刻的自己肯定是世界上心情最矛盾的男人前幾名。

應該去看小寶貝嗎？

我低頭看著仔仔給我的電話和地址，搜尋了一下地點，在大東藝術特區捷運站附近。

8，小蝦

據說，這是全世界最美麗的地鐵站第二名。

美國旅遊網站BootsnAll列出十五個最出色地鐵站，CNN讚美，美麗島站是令人嘆為觀止的萬花筒，「光之穹頂」宛如教堂般的莊嚴沉靜，已成觀光客朝聖之地。

可惜，這一刻自己肯定是世界上心情最糾結的女人前幾名。

小寶貝長什麼樣子呢？

看著前夜偷偷抄下來的地址和電話，搜尋了一下地點，在捷運大東藝術特區站附近。

陳大熊
29分鐘・
據說，這是全世界最美麗的地鐵站第二名。
1則留言
17
分享
留言
讚

9，大熊

「妳好嗎？」

「好久不見，妳好嗎？」

「很想念妳，妳好嗎？」

從捷運站走出來，坐在充滿白色熱汽球造型的大東藝術特區噴水池附近，我喃喃唸了好幾次開場白，覺得自己像豬一樣，不知道該說什麼台詞。

我閉著眼想像二十年後小寶貝的長相，她變胖了嗎？還是變老了？看見我還認得出我嗎？剛剛撥通的電話，聽到小寶貝熟悉的聲音，我竟嚇得掛上電話。

陳大熊
16分鐘・
大東藝術特區有好多白色熱氣球，聽說晚上會變成彩色……唉我
讚
留言
分享

陽光越趨溫柔，遠處慢慢染上黃光。

「妳好嗎？」「妳好嗎？」「妳好嗎？」唸了好幾回，突然想起小蝦在台東不知道好不好，四十小時了，她沒有來電。

當然，我確信小蝦會看我這段時間的FB，即使一篇都沒有按讚。

還在生氣嗎？自己丟下她？都說好要一起回高雄，究竟發生什麼事？有事也該說出來啊。

我一直以為彼此是沒有祕密的，也承諾要誠實分享的，再不堪的，都要坦白，否則未來怎能攜手共度？

就算再也不悅的事情，前晚，小蝦真的太無理取鬧！不可思議，小蝦向來不是無理取鬧的女生。

10，小蝦

那個女人好刺眼。

按照仔仔寫的地址，我搭捷運過去，咖啡館距離大東藝術中心約一公里，一個佈置小有情趣的地方，咖啡館裡到處綠意盎然，吧台只有一個甜美高挑的女人。

我坐在靠窗處，點了一杯咖啡，翻弄著手機FB，咦，大熊和自己差不多同時間在美麗島捷運站呀，竟然沒遇到。莫名其妙的悔恨。如果兩個人在捷運站遇到呢？會怎麼樣呢？當然，我一整天假裝在台東的FB圖片會破功，可是，大熊會感動吧？至少，我還是來了。

只是，吧台那個女人還是很刺眼，是她嗎？小寶貝？刺眼的原因，因為讓圓臉矮小的我感覺相形見拙。

這種女人，肯定是每個宅男眼中的初戀情人。膚色白皙、明亮眼眸、一頭黝黑長髮，還有一雙修長的美腿，教人妒火中燒，感覺自己快貧血了……直到咖啡館電話響起，女人講了幾句，輕聲喊著：「陳老師，妳的電話。」一個個子嬌小圓臉的女人從門後走出，跟著出來的是一個約四、五歲左右的可愛小男孩。

「您好，我是陳老師……」嬌小的女人有張娃娃臉、笑起來有淺淺梨窩，她對著電話筒禮貌又客氣地：「對，我們想要賣掉右昌那棟房子，價格低一點沒關係，我們只是想盡快處理掉，因為我們生活圈都不在那一塊。嗯嗯，對，劉先生是我前夫，不用抱歉，沒關係的……」女人邊說話突然喝斥小男孩：「Ben，小心，阿香妳可不可以幫我一下。」指著正在桌邊玩玻璃水瓶的小男孩，長腿女孩立刻靠過來，一把抱起小男孩。

這一瞬間，我愣住了，驚覺是她！不是她！

想起剛剛的醋意，竟無地自容。

曾經，我自詡自己是世界上對大熊最瞭解的人，大熊也是世界上最瞭解自己的人。前天，我真的被一時嫉妒沖昏了頭。

看著手機黑畫面如鏡子般反射著自己的圓臉，我慢慢記起在台東都蘭糖廠初識時，大熊是這樣對自己說。

「小蝦，妳讓我想起我的高中老師。」

「我有那麼老嗎？那麼嚴肅嗎？」

「哎呀，我的高中老師可是很年輕的呢，臉圓圓的，眼睛大大的，唇角有梨窩，笑起來有夠可愛，我們全班都很迷戀她。」

這幾年，偶爾也會聽到大熊和男性朋友打屁吹噓：「這世界上除了我媽，第一個愛上我的應該是英文老師……」大家都當笑話，大熊也不曾在我面前遮掩這笑話，就是笑話一則啊！

11，大熊

海風徐徐，夕陽奪目，差點睜不開眼。

從大東藝術特區搭捷運到西子灣，再騎單車到鼓山渡輪口。

許多遺忘的陳年舊事慢慢地浮現。

小寶貝在高二寒假嫁到美國，班上同學還為此辦了一個送別會，熱熱鬧鬧的，還有個男生哭了。考上北部大學後，爸爸提早退休，去一個長官的公司上班，舉家因此北遷，許多畫面就像蒙上灰塵的《灌籃高手》堆在書架角落，今天去了宏南宿舍，封鎖的記憶終於醒來，櫻木花道最後一秒的絕殺球突然栩栩如生起來。

還記得那一年夏日草坪上，小寶貝依偎著我身旁的模樣，陽光炙熱，我汗濕了T恤，卻動也不敢動，更在意自己褲檔的動靜，那可糗斃了。

小寶貝，算是「初戀情人」嗎？

初戀，該怎麼定義？

不可否認，我和小寶貝彼此多少有點奇異的情愫。

好幾次在圖書館，我們像電影畫面一樣在圖書館隔著書架找書，竟然總是翻到同一本書，手指碰觸著，兩個人立刻抽回手。現在回想，儘管當年自己只是個十七歲小男生，小寶貝也不過是個二十三歲女孩。

二十年過去，小寶貝還是小寶貝嗎？這兩天一想起小寶貝，時光彷彿停滯在青少年時期，我莫名有點害怕見她，怕我心中最甜美無瑕的夢被摧毀。

12，小蝦

從鼓山渡輪口搭船到旗津，不過十分鐘，火紅的夕陽，就在眼前，感覺高雄的夕陽比台北還要明豔火辣。

回程的船上，「喀嚓」一聲，我拍下了夕陽。

——今天的夕陽如此美麗，在同一個地球上的夕陽，你和我看的夕陽，應該都一樣吧？只是心情如此不同。

傳上FB，不知道為什麼感覺心酸。

強勁的海風吹亂了髮絲，我有一種想要掉淚的衝動。

13，大熊

或許因為天氣太好，台灣各地的朋友都上傳了夕陽的照片，一張張一幕幕，基隆的、台北的、台中的、台南的、高雄的，甚至是台東。

如同半熟的蛋黃般的紅色夕日，在千變萬化的瑰麗雲彩中，顯得沉靜壯麗。

翻到小蝦在FB剛貼上的照片，我愣住了。

不會吧？不會吧？不會吧？

我瞬間大笑出聲。

14，小蝦

沿著駁二的鐵道亂逛，竟然餓了。

想想，今天早餐和午餐都剩了一大半，胃裡根本沒有什麼食物，記起之前查過的高雄美食資料，大多數都是計畫和大熊一起吃的，像鹽埕區的汕頭火鍋和 Hotel Dùa 的悅品港式飲茶。有什麼可以一個人吃的呢？對了，阿財雞絲麵和婆婆冰。

夜深了，好像還有什麼地方要去，看了一下 Google 地圖備忘錄，對呢，我都忘了高雄旅行的筆記。

林小蝦
10分鐘·
今天的夕陽如此美麗，在同一個地球上的夕陽，你和我看的夕陽，應該都一樣吧？只是心情如此不同。
52
讚
1則留言
留言
分享

15，大熊和小蝦

漫步在金黃璀璨和河面相互映照的光雕橋上，遠遠就看見大熊坐在地上，摺疊單車靠在橋邊，大熊露出微笑盯著她，小蝦簡直不可置信，甚至停下腳步。

大熊起身牽著單車望她走來，小蝦覺得自己在做夢。

「我等好久喔！」大熊抱怨。

「為什麼？」小蝦驚嚇不已。

她不記得在FB洩漏過自己的行蹤，既沒打卡，連雞絲麵、婆婆冰的照片都沒貼，為什麼？

「為什麼？」大熊頑皮地拿出手機，秀出自己的FB照片，是一張火紅的夕陽，和小蝦貼的照片幾乎一模一樣。

大熊念出小蝦寫的：「今天的夕陽如此美麗，在同一個地球上的夕陽，你和我看的夕陽，應該都一樣吧？」然後用手機敲了一下小蝦的頭：「妳這個小瓜呆！我們看的夕陽是一樣沒錯，但拍照的景色不一樣啊，因為雲朵不同啊！在台東和在高雄拍的夕陽哪裡會一樣?!妳去了鼓山渡輪口吧？」

「吼，好痛，對啦。」她摸摸頭。

「還在生氣嗎？」他笑著。

「沒有啦……」她小聲地，她知道是自己理虧。

「去吃點東西吧，我餓死了，等妳等好久……」大熊往前走。

「好啊……」小蝦實在不敢說自己吃得很飽。

遠處亮著光的船緩緩經過，兩個人走在彎彎曲曲同金戒指般閃爍著光芒的橋上，大熊突然拿著手機大聲朗誦：「如同鑲鑽的項鍊一般，一條心型的河，在黑暗中發出光芒……」

「哎呀，你不要唸啦！」小蝦嚇一跳，臉紅了起來。
「敢貼上FB，怎麼會怕人唸呢！如同鑲鑽的項鍊一般，一條心型的河，在黑暗中發出光芒……」
小蝦摀住大熊的嘴：「不要唸啦！你好討厭！」
「好好好，不唸，妳要不要解釋一下為什麼又跑來高雄？妳不是去了台東？」
「這個嘛……吃飽飯再告訴你。」
「想吃什麼？」
「不知道。」
「妳不是有作功課？」
「你現在想吃什麼，我配合你。」
「去吃汕頭火鍋吧？」
「吃火鍋？」
「天冷，當然要吃火鍋，妳在台北不是一直吵著想吃？」
「好吧～我們去吃汕頭火鍋！」
「吃哪一家？妳的功課列了好幾家。」
「就先吃五月天到高雄常吃的那一家囉！」
小蝦不確定自己之後會不會對大熊坦白去見了小寶貝的事，但仍感覺哪裡不對勁，否則大熊怎會找一個和高中英文老師長得很像的女友。

鼓山

好市集手作餐廳｜高雄市鼓山區鼓山一路 19 號｜ 07-532-6869

前鎮

李氏商行｜高雄市前鎮區二聖二路 133 號｜ 07-333-3836

新興

三餘書店｜高雄市新興區中正二路 214 號｜ 07-225-3038
悅品中餐廳｜高雄市新興區林森一路 165 號｜ 07-536-2999

鹽埕

駁二藝術特區｜高雄市鹽埕區大勇路 1 號｜ 07-521-4899
枝仔冰城駁二店｜高雄市鹽埕區大勇路 8-2 號｜ 07-521-1149

鳳山

大東藝術特區｜高雄市鳳山區光遠路 161 號｜ 07-743-0011

左營

莒光市場香煎肉圓｜高雄市左營區和光街 106 巷三角窗
中油冰棒｜高雄市左營區宏南宿舍弘毅一路 5 巷

鹽埕

阿財雞絲麵｜高雄市鹽埕區壽星街 11 號｜ 07-521-5151
婆婆冰｜高雄市鹽埕區七賢三路 135 號｜ 07-561-6567
廣東汕頭勝味牛肉店｜高雄市鹽埕區七賢三路 65 號｜ 07-551-1352

美照反應

Beauty reaction

何友惠 更新了她的大頭貼照
22分鐘・

98 3則留言

王甜甜
好美喔！
18分鐘前・讚・回覆

楊文森
正翻了！
10分鐘前・讚・回覆

Frank Wang
美眉給虧嗎？
剛剛・讚・回覆

張德銘 更新了他的大頭貼照
15分鐘・

21 2則留言

王甜甜
偷偷開美肌哦！相親照嗎？
7分鐘前・讚・回覆

Frank Wang
告別式的照片選那麼快幹嘛？！
剛剛・讚・回覆

Chapter 11

我在這裡想你

我還在這裡
我會在這裡
等愛情變老
等自己變好

by陳繁齊

1

我，總在逆光的時候想起他，鏡頭裡，黑白清晰。
背景音樂是細碎的雨聲。
我在那裡，他在這裡；我在這裡，他在那裡。
偶爾，我會在這裡想起他。

2

高雄，清晨五點四十九分，天陰陰的，飄起毛毛細雨。
還沒睡的我，疲累地端著一只紅酒杯開門走到陽台，眺望遠方高漲的灰色海平面，天空中堆積的厚厚雲層，我猜想，今天大概會下大雨吧。
大雨，會在什麼時候下？不確定，我不是氣象員、漁夫或農民，他們對於天空的色澤、雲腳的步伐、空氣中的濕度，總是特別敏銳；如同我對他的敏感，那個人在電話裡的聲音或打字的用語，即使是標點符號，我總可以感覺他的喜悅、哀傷或放空。
估計，當大雨傾城，我已入睡，再也聽不見雨聲。
真懷念雨聲啊。
俯視沉睡中的城市，喝乾最後一口紅酒，抽了一根菸，我輕輕喟嘆。
每一場雨，都安靜地像貓，就像壞掉的音響、關了靜音的手機。

整個社區，沒有一扇窗架起雨棚。

整棟大樓，沒有一扇窗聽得見雨聲。

每一個深夜，我墜落在極度靜默之中，像個獨居老人。

自搬回高雄，住進這棟大樓，我認真檢視新建築的大樓，每個窗戶上方都一塊防雨的磚牆，再大的雨，頂多斜射入窗，飄起雨絲，完全聽不見雨聲。良好的建築，完善的設計，旁邊還有萬坪綠意公園。

不知道該高興或遺憾。

應該高興的，即使有一點點感傷。

從此我的生活音樂庫，少了一種聲音，真真實實的天然樂章。

再也不會有雨聲沿著屋簷、敲打雨篷、裸身在窗口跳著踢踏舞；再也不會有人拿著石子敲打我的玻璃窗、喊我的名字、告訴我：「每到下雨天，我就會想起妳。」也再也不會有人會對我說：「關掉音響吧，我們有了最棒的音樂了。」

再也不會有人。

3

他搬到倫敦時，完全沒有告知我一聲，沒有email、沒有電話，半年後寄來一張明信片，是一張以水彩畫的倫敦街頭雨景圖，背面只寫了一行字：「這是個多雨的城市，妳應該會喜歡。」

我看著那行字，在烈日當空的午後，失控地大哭出聲。

分手有這麼難嗎？非得悄然失蹤？當我從法國旅行回來，他來接機後，就避不見面，打了好幾次電話，一直說很忙，之後告訴我要閉關，因為答應出版社翻譯的小說拖稿太久，我說好，真以為他仍在工作，一個月後，小說上市，朋友說，他搬去倫敦了。

——為什麼？

——妳在法國旅行的時候，他前女友回來台灣。

——然後呢？

——妳真的沒看新聞呀？他那個明星前女友離婚了，一個人住在倫敦。

——然後呢？

——他賣掉所有家當，我還買了他的那組舊沙發和幾張黑膠唱片呢。

——簽證這麼容易？

——他很早就準備去唸書，也申請了學校，很早就……

我竟然完全不知道，找尋了一下他前女友的八卦新聞，報紙照片上那張戴著墨鏡、塗著鮮豔的口紅、穿了一身灰黑大衣、長靴的長髮女人刺眼地映入我的眼簾，彷彿在嘲笑我，我蠢得想一巴掌把自己打進淡水河。

想起兩年前，剛搬到竹圍，他拿石子敲打我的窗玻璃。

那是一個雨日寒冬，窗玻璃有清楚的敲打聲，一下又一下，我緊張起來，拉開窗簾，一開窗，果然看見了他。

他穿著一件磨損的黑色皮外套和牛仔褲，就站在樓底揮手，細雨輕輕下著。

那時候，我在竹圍淡水租了某一棟四樓公寓邊間的二樓雅房，有一扇不常見的密閉氣窗朝著巷弄，一關上窗就聽不見外面的聲音，包括雨聲，他偶爾朝向我的窗口丟小石頭，像古代電影，與其說浪漫，我更怕石頭真打破窗戶，不知道該怎麼跟房東交代。

總之，那是BB CALL的年代，也很少人敢使用這樣手段，看著他的笑容，多少還是擄獲我的心。

我穿著整套的長袖棉質粉色格子睡衣睡褲，瑟縮地下樓幫他開門，以為他要上樓。

他說：「去兜風吧。」

我指指自己的衣著：「這樣?!」

他愣了一下，思索一秒，微笑地：「就這樣吧。」

那是我第一次穿著睡衣褲出門，搭著他的車，我們去淡水看夜景，繞去北投吃火鍋。細雨打濕他的皮外套，也打溼我的睡衣褲，他找出一條灰色羊毛圍巾給我防雨。火鍋店裡挺多人好奇張望，反正他不在意，我就不在意。

送我回家的深夜，雨大了，車窗被豆大水珠嘩嘩打響，他說：「回家要泡一下熱水澡，不要感冒了。」

我說：「好。」

他歪著頭又看著我，似笑非笑：「好奇怪，每到下雨天，我就會想起妳。」

4

「每到下雨天，我就會想起妳。」

知道嗎？我曾經希望一年四季都是下雨天。

5

「My sexy girl！」

一見面，男人喜歡這樣叫我，抱著我，手掌上下摩擦我的背脊，像對小朋友一樣。

事實上，他是一個挺嚴肅的英國人，對朋友卻很寬容，比如那個西班牙男。

可惜西班牙男卻沒什麼道義。

在一群人聚會的場合，西班牙男私底下拉住我到洗手間，以不標準中文表達想法：「我喜歡妳，第一次見面就喜歡妳，我想跟妳睡覺。」

喜歡？睡覺？意思是打炮吧？

我嚴正拒絕：「你和他不是朋友嗎?!」朋友怎可搶朋友的女人？我生氣了。

西班牙男是個長相俊美的柔弱男子，不是我的菜，在畫展同時認識他們的那天午後，我就確定對誰感興趣，如同天空的色澤、雲腳的步伐、空氣中的濕度。

當我告訴英國男關於西班牙男不禮貌行為，他沉吟一會，卻看不出他的氣憤。

難道國情不同嗎？英國電影好像不是這樣演的。

那一刻，我確定和英國男走不了太遠，但是有個人能分散我的注意力也是好的，而且和英國男在一起，有時我會有一種錯覺，彷彿我和遠在倫敦的他距離不遠。

6

雨下得很勤的新曆年除夕，他搬到倫敦後第一次打電話給我。

我和英國男在西班牙男租住的公寓裡開Party，來了十多個各國男女，非常吵，我走到陽台拿著Nokia的小海豚手機講電話。

他說：「新年快樂。」

我停了好半晌，也說：「新年快樂！」

「台北下雨嗎？」

我把手伸出陽台，雨絲細細地落在掌心，我回答：「現在是毛毛雨……倫敦呢？」

「很冷，有點霧，都看不見雨了。」

「都看不見雨，為什麼要打電話給我？」我內心湧起一股憤怒。

「看不見雨，還是下雨啊，每到下雨天……」

我搶他的話：「我就會想起妳。」

他瞬間安靜，我卻仍不甘心，即使知道我說出口的話，他不會回應，就算回應，也不會坦率。

「你只有下雨天才會想到我嗎？」

「不是這樣……」

「那是怎樣?!」

我們在電話裡沉默，我正等待他回答，陽台遠處夜空突然亮起煙火，一朵又一朵，繁花似錦，屋內的人通通擠到陽台，大聲歡呼：「Happy New Year！」

7

即使設計、規劃、建築再良好的大樓，仍抵不住強颱來襲。

二〇一六年的莫蘭蒂颱風，不僅摧毀高雄一堆老樹，也從窗隙不斷竄出雨水，我沒有太多抹布，只好犧牲一些不常穿的衣服來吸收地板的水難。

許久許久，我累得癱坐在地板上，終於聽見清楚的下雨聲和嗚噎的風聲。

沒有一個人在我身邊。

8

「好想見妳，妳願意來我家嗎？」

英國男出差幾天後打電話給我，他的住處，有點遠，在桃園附近，我想了想，說好。

午後，他給我電話，告訴我大約地點，他說即使說了地址也不好找，要我到附近給他電話，他來接我。

搭車之前，我給他電話，快靠近他家再給他電話，他的手機卻不通，怎麼打都不通，車子抵達桃園，司機問我：「小姐，妳要到哪裡?!」

細雨在玻璃窗飄了起來，我有一種奇異的荒蕪感，可是都來了，我在英國男指示的地帶下車，繼續打電話，手機持續不通。

發現了里民辦公室，我思考了一會，上門詢問：「你們知道有一個養了三條黃金獵犬的外國人，住在哪裡嗎？」

這一招果然有用，畢竟特徵鮮明，他肯定是要溜狗的。

我在巷子深處找到那棟兩層樓的透天厝，拚命敲門，沒有人回應，或許他睡在二樓吧，我撿起地面上的石子，一顆一顆丟向窗玻璃，出差後累得睡死的英國男終於醒來開門，三條黃金獵犬跟著跑出來，他一臉驚訝望著我，我手中緊握著幾顆銳利的小石子，卻蹲下來，哭了起來。

掌心的刺痛，令思念瞬間潰堤，我在英國男身邊，真正想的是住在英國的男人。

9

「關掉音響吧，我們有最棒的音樂了。」

大雨在深夜傾盆直下，雨點像鼓聲細碎而用力敲打著二樓透天厝的屋簷、雨棚、窗緣；英國男這麼說，我點點頭，那個人也曾經這麼說過。

這句話點燃了我體內的激情，我們像兩匹脫韁野馬，以床為軸心延伸到地板，肢體節奏如窗外戰鬥的狂風暴雨，連狗狗也被驚醒，狂吠了幾聲。

我身上黏膩的汗水，每一滴都像雨水一般，赤裸地思念另一個人。

10

英國男決定搬回利物浦，問我要不要跟他一起走，我想也不想就說好，只因為利物浦離倫敦很近，當我退掉公寓，打包好行李，他卻搬回台灣了。

我在這裡，他在那裡；我在那裡，他在這裡。

在機場相遇的畫面，簡直像上天的捉弄，荒謬地可笑。他清瘦很多、仍穿著那件磨損的黑色皮外套，認真打量著英國男，客氣有禮貌地祝福我，他說：「利物浦是一個靠海的城市，很美，可以看到很多Beatles 的足跡。不過風很大，但是有妳喜歡的下雨天。」

11

在機場的相遇，是我們最後第二次見面，搬到利物浦才三個月，就聽說他結婚了。結婚對象不是住在倫敦的明星前女友，而是他回台疑似獲得 Sars 住院所認識的護士，對他悉心照料，護士年紀比他大五歲，是一個離了婚有兩歲兒子的女人。兩個人沒拍婚紗照，也沒發放喜帖或宴客，就是在小飯館子擺了兩桌請知己好友吃飯。

朋友在 MSN 形容：很平凡的女人，微胖，但令人安心，是個好女人。

難道我不是好女人？當時我竟然莫名幻想，如果我沒到利物浦，是否照顧他的是我？跟他結婚的會不會是我？

朋友接著說，聽說他在倫敦過得不好，不久就休學、還去打工，戶頭的錢都給了前女友，那個女人卻在除夕夜跟前夫又復合。人財兩失啊，太慘痛了。

我想起了那個煙火繽紛的除夕夜，他打電話給我，我卻連一句問候都沒有。

12

和英國男一起走的路，如預料中果然很短程。他結婚沒多久，我和英國男也分手了。我認識了一個來英國自助旅行的年輕香港男孩，兩個人很契合，便隨著他玩了一趟歐洲，然後，我跟著男孩一起回到香港，他介紹他的男友給我認識。

我在他男友的貿易公司打工，三個人像閨蜜一樣同居了一年，那是一段美好純淨的時光，讓我忘卻傷痛。直到有了新的工作機會，我一路從廣州、上海搬到了北京，北京霧霾愈趨嚴重，我的氣喘日趨厲害，才決意搬回高雄。

這十多年的時間，我的心像一個隨時清理乾淨、準備出租的空屋，偶爾有些短期房客，不知道為什麼那個人卻像房契上蓋著鋼印的虛擬屋主。

在深愛的時刻，最想要的是斬釘截鐵；時移事往後，還不如曖昧一點，因為我已經清醒很久了。

13

二〇一六年的深冬，我收到一本詩集，是陳繁齊《下雨的人》，由朋友轉交，他送的。書上有一張黃色便利貼，寫著：「妳可能會喜歡。」我並沒有打開來看，一直擱在沙發上的一堆書裡。

因為我不知道該以什麼樣的心緒去閱讀那些舊時光，我清醒很久了，已經又不喜歡曖昧的事了，可能來自高雄這一年冬日突如其來的空污，已經習慣了空闊的藍天，就煩厭起陰沉的色澤。

14

我和他最後一次碰面是在左營高鐵站，他牽著一個約八、九歲的妹妹頭女孩在星巴克買咖啡，我幾乎不敢相信自己的眼睛，那是他。

他捧著一杯熱咖啡，帶著女孩走到一旁座位，他拍拍座位上一個專注打手機電動、國中生模樣的男孩，男孩抬眼看了看他，繼續專注在手機上，應該是他的兒女吧，男孩大概是護士和前夫的小孩吧。

我沒有向前打招呼，就這樣默默注視著他。他胖了一點，頭髮減少很多、甚至有點禿，有一張我所不認識的慈父臉孔，就像路邊會經過的陌生中年男人一樣，倘若不是那件磨損的黑色皮外套，我完全認不出他。

15

天光微亮，雨纏綿地下了起來，媽媽打電話來提醒我：「記得睡前關好門窗，今天會有大雨。」

我說：「好。」

關上窗，卻想念起老家爸爸的和式房間。

前幾年，爸爸過世後，我每次回高雄，總睡在他的房間，和式房間是我小時候的臥室，搬到台北之後經過改建，向外推展的空間，屋頂鋪著鐵皮，雨滴在鐵皮上滴滴答答打得震響，滴滴答答，牆壁上的鐘聲、隔壁鄰居吵架聲、切菜聲、狗叫聲，都清清楚楚，我昏睡著，聽著雨聲，滴滴答答，滴滴答答，從屋簷、雨棚到窗緣，感覺自己有一種被雨水洗滌的感覺。

像孩子一樣，非常乾淨地、抱著棉被、躺在和式木頭地板上，感受雨水風聲四起；像一只音符一樣，或像約翰藍儂裸身彎曲姿態，很舒服地躺在我私人的音樂庫，安放良好，無論是大雨或細雨，只要聽得見雨聲，我就會睡得很好。

偶爾，也會在雨聲中夢見他，記憶中的他和記憶中的我。

我在那裡，他在這裡；我在這裡，他在那裡。

我總是，習慣，這樣想念他。

在心底對他說：我在這裡想你。

16

他那張黃色便利貼貼在詩集《下雨的人》第三十九頁，最後四句是：

我還在這裡
我會在這裡
等愛情變老
等自己變好

他的樹朋友

His
tree friend

我們都喜歡樹。
他說，我家附近有一棵樹是他的朋友，瘦瘦的、相貌不揚，他常跟它說話。
他語氣認真：「只要妳願意傾聽，就會有所回應。」
經過時，記得幫我打個招呼喔。
好呀。
答應時，心情其實很隨意，經過時，卻莫名認真起來。
哪一棵呢？

我是文森的朋友，你好。
我是文森的朋友，你好。
樹，動也不動，
風靜默無聲。
沒有一棵樹，給我回應。
不知道為什麼，
我生氣了。
陳文森
你的樹朋友都不理我！
23:08
陳文森
你的樹朋友都不理我！
23:08
不可能，妳會不會認錯了？！
23:09

陳文森
它的特徵很清楚，瘦瘦的，在胸口高度有分叉……
簡直不可思議，他，竟然開始形容起那株樹的樣貌。
我只不過想知道正確位置，比如公園入口的第幾棵樹。
你在開我玩笑吧！
並沒有。
……你該不會還愛著我吧？
我是啊。
……
我愛妳。
你喝醉了嗎？我們分手十八年了。

那段深夜的奇異對話，
許多年之後，我才想起來。
後來，我去了
很多地方，
陸續認識各式各
樣的樹，
上海的樹，

北京的樹，

長白山的樹，

高雄的樹。

偶爾，我會疑惑，
真有那麼一棵樹是
他的朋友嗎？
當時，我是太天真？
太愚蠢？還是太遲鈍？!
你該不會還愛著我吧？
我是啊。
我愛妳。

經過這麼多年，
颱風來來去去，樹倒樓傾。

不知道他的那位樹朋
友是否依舊安在？
我，永遠得不到正確答案了，
因為兩年前，他因為意外，
離開了這個世界。

千迴百轉的感情山丘
無論是上坡或下坡
我不曾忘了你　想忘也忘不了
只是幾經改朝換代　總會有新故事
屬於你的　和屬於我的

PS：天上樹多嗎？

not only passion
大辣

我在這裡想你——高雄愛情故事

Kaohsiung Love Story

dala plus 007

作者：水瓶鯨魚
編輯：洪雅雯
美術設計：好春設計．陳佩琦
地圖繪製：盧美瑾
校對：黃冠寧
企畫：張敏慧
總編輯：黃健和

出版：大辣出版股份有限公司
台北市 105 南京東路四段 25 號 11 樓
www.dalapub.com
Tel: (02)2718-2698 Fax: (02)2514-8670
service@dalapub.com

發行：大塊文化出版股份有限公司
台北市 105 南京東路四段 25 號 11 樓
www.locuspublishing.com
Tel: (02)8712-3898 Fax: (02)8712-3897
讀者服務專線：0800-006689
郵撥帳號：18955675
戶名：大塊文化出版股份有限公司
locus@locuspublishing.com

法律顧問：董安丹律師、顧慕堯律師

台灣地區總經銷：大和書報圖書股份有限公司
地址：242 新北市新莊區五工五路 2 號
Tel: (02)8990-2588 Fax: (02)2290-1658
製版：瑞豐實業股份有限公司
初版一刷：2017 年 9 月 20 日
定價：新台幣 350 元
本書獲高雄市政府文化局出版高雄獎助

我在這裡想你——高雄愛情故事 / 水瓶鯨魚著. -- 初版. -- 臺北市：大辣出版：大塊文化發行，2017.09 面；17x23 公分 ISBN 978-986-6634-71-0(平裝)
857.7　106014455

高雄玩味地圖Gourment Kaohsiung

我在這裡想你

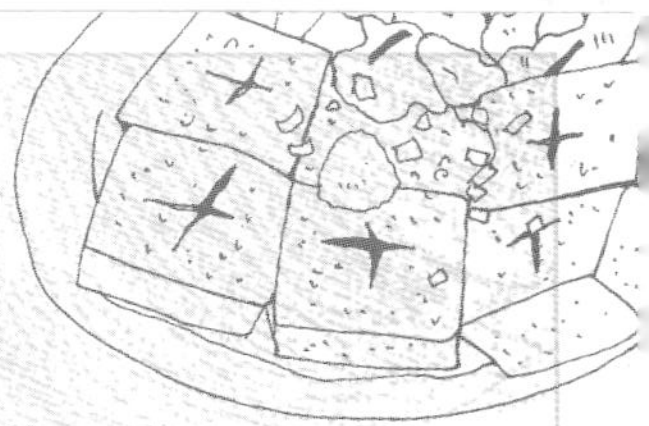

水瓶鯨魚私房推薦

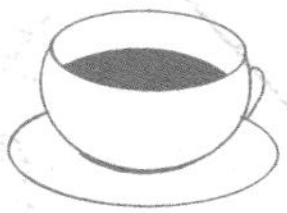

高雄兩條交錯的捷運線，正像某種十字架一樣，也像某一種對旅行的信仰。
旅途中，我們難免走錯路、難免迷路，正因為如此，反而可以發現想像不到的風景、吃到有意思的美食、遇到有趣的人，這是一種驚喜。

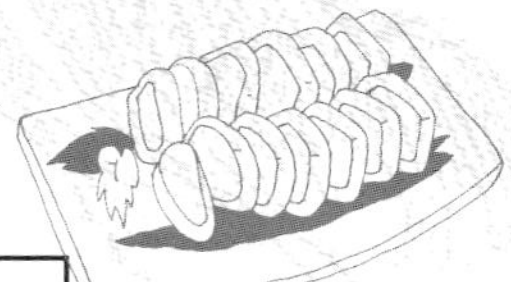

橋頭

・**橋頭糖廠**｜高雄市橋頭區糖廠路24號｜07-611-3691

楠梓

・**中油宏南宿舍群**｜高雄市楠梓區宏毅一路（捷運世運站、油廠國小站之間）・**中油冰棒**｜高雄市楠梓區宏毅一路6號

左營

・**高崗咖啡**｜高雄市左營區新上街253號｜07-556-6685・**犇牛肉麵**｜高雄市左營區勝利路85號｜07-588-7264・**香園牛肉麵**｜高雄市左營區軍校路190號｜07-582-3692・**第一家刀削麵**｜高雄市左營區左營大路611-1號｜07-582-3683・**陝南牛肉麵**｜高雄市高雄市左營區海功路33號｜07-582-6947・**大宅門干鍋鴨頭**｜高雄市左營區自由二路338號｜07-556-4078・**莒光市場香煎肉圓**｜高雄市左營區和光街106巷三角窗・**麵處小林**｜高雄市左營區博愛二路296號｜07-558-2227

三民

・**卡菲。小時光**｜高雄市三民區明哲路33號｜07-345-1419・**品三國之草船借箭**｜高雄市三民區河堤路292號｜07-345-2453・**木牛流馬**｜高雄市三民區明哲路29號｜07-350-4536・**吉品脆皮肉圓**｜高雄市三民區新民路172號｜07-383-4603

鼓山

・**凹子底公園**｜高雄市鼓山區南屏路神農路｜07-522-8633・**西子灣**｜高雄市鼓山區蓮海路｜07-799-5678（高雄市政府觀光局）・**香蕉碼頭**｜高雄市鼓山區蓬萊路17號｜07-561-2258・**Stain漬**｜高雄市鼓山區美術南五街48號｜07-552-8175・**鼻子咖啡nose920**｜高雄市鼓山區龍水路231號｜07-558-8920・**賣鹽順**｜高雄市鼓山區青海路173號｜07-553-0668・**酒饕客餐酒館**｜高雄市鼓山區青海路193號｜07-586-8238・**梅森維拉Maison De Verre**｜高雄市鼓山區博愛一路433巷20號｜07-550-0569・**Q Garden**｜高雄市鼓山區青海路111號｜07-550-5628・**WOO Café**｜高雄市鼓山區青海路298號｜07-559-7998・**掌門精釀啤酒**｜高雄市鼓山區青海路177號｜07-552-2285・**聚落Mini Enclave**｜高雄市鼓山區美術東五路120號｜07-550-1388・**格言咖啡**｜高雄市鼓山區美術東五路50號｜07-522-2009・**爾本廚房**｜高雄市鼓山區龍文街71號｜07-553-4528・**戶谷川和食處**｜高雄市鼓山區美術東三路1號｜07-553-8400・**尋味日本料理**｜高雄市鼓山區裕誠路2046號｜07-586-9003・**橫田日本料理**｜高雄市鼓山區美術東五路37號｜07-553-1537・**義郎創作壽司**｜高雄市鼓山區美術東二路59號｜07-553-6149・**匠麵巴士**｜高雄市鼓山區博愛一路433巷｜0979-133-309・**小綠**｜高雄市鼓山區美術南五街2號｜07-550-3722・**好市集手作餐廳**｜高雄市鼓山區鼓山一路19號｜07-532-6869

旗津

・**渡輪**｜高雄市鼓山區濱海二路1號｜07-216-0668

新興

・**美麗島圓環三代春捲**｜高雄市新興區中山橫路1號｜07-285-8490・**逸之牛日式炸牛排專門店**｜高雄市新興區南台路66號｜07-285-3221・**Pier No.1**｜高雄市新興區中山一路4號（Hotel Indigo16F）｜07-272-1888・**三餘書店**｜高雄市新興區中正二路214號｜07-225-3038・**悅品中餐廳**｜高雄市新興區林森一路165號｜07-536-2999・**江豪記臭**

路7號｜07-225-5302

前金

• **真心豆行**｜高雄市前金區七賢二路365號｜07-241-9850 • **公寓咖啡**｜高雄市前金區仁義街227號｜07-215-7176 • **美森咖啡**｜高雄市前金區仁義街223號｜07-231-2188

鹽埕

• **高雄電影館**｜高雄市鹽埕區河西路10號｜07-551-1211 • **賊仔市．鹽埕老街**｜高雄市鹽埕區富野路27巷（路口掛有小偷招牌）• **小堤咖啡**｜高雄市鹽埕區鹽埕街40巷10號｜07-551-4703 • **好雙2ins:H　Café**｜高雄市鹽埕區大成街73號｜07-521-6476 • **枝仔冰城駁二店**｜高雄市鹽埕區大勇路8-2號｜07-521-1149 • **駁二藝術特區**｜高雄市鹽埕區大勇路1號｜07-521-4899 • **港園牛肉麵**｜高雄市鹽埕區大成街55號｜07-561-3842 • **鴨肉珍**｜高雄市鹽埕區五福四路258號｜07-531-4630 • **樺達奶茶**｜高雄市鹽埕區新樂街99號｜07-551-2151 • **婆婆冰**｜高雄市鹽埕區七賢三路135號｜07-561-6567 • **阿財雞絲麵**｜高雄市鹽埕區壽星街11號｜07-521-5151 • **廣東汕頭勝味牛肉店**｜高雄市鹽埕區七賢三路65號｜07-551-1352

苓雅

• **萩椛牛かつ專門店**｜高雄市苓雅區青年二路191號｜07-269-3160

前鎮

• **高雄總圖**｜高雄市前鎮區新光路61號｜07-536-0238 • **MLD台鋁商城**｜高雄市前鎮區忠勤路8號｜07-536-5388 • **李氏商行**｜高雄市前鎮區二聖二路133號｜07-333-3836 • **Mr. Oyster蠔蠔先生**｜高雄市前鎮區成功二路39-1號｜0981-613-688

鳳山

• **衛武營**｜高雄市鳳山區南京路449之1號｜07-763-8808 • **大東文化藝術中心**｜高雄市鳳山區光遠路161號｜07-743-0011

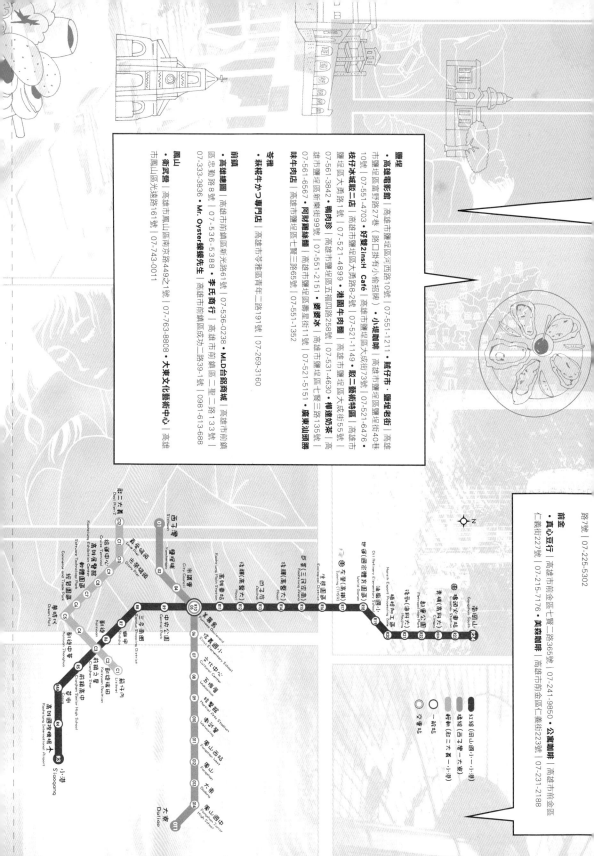

not only passion
大辣

我
在這裡
想你

Kaohsiung Love Story

not only passion
大辣

我
在這裡
想你

Kaohsiung Love Story